酒徒

劉以鬯 作品集 1

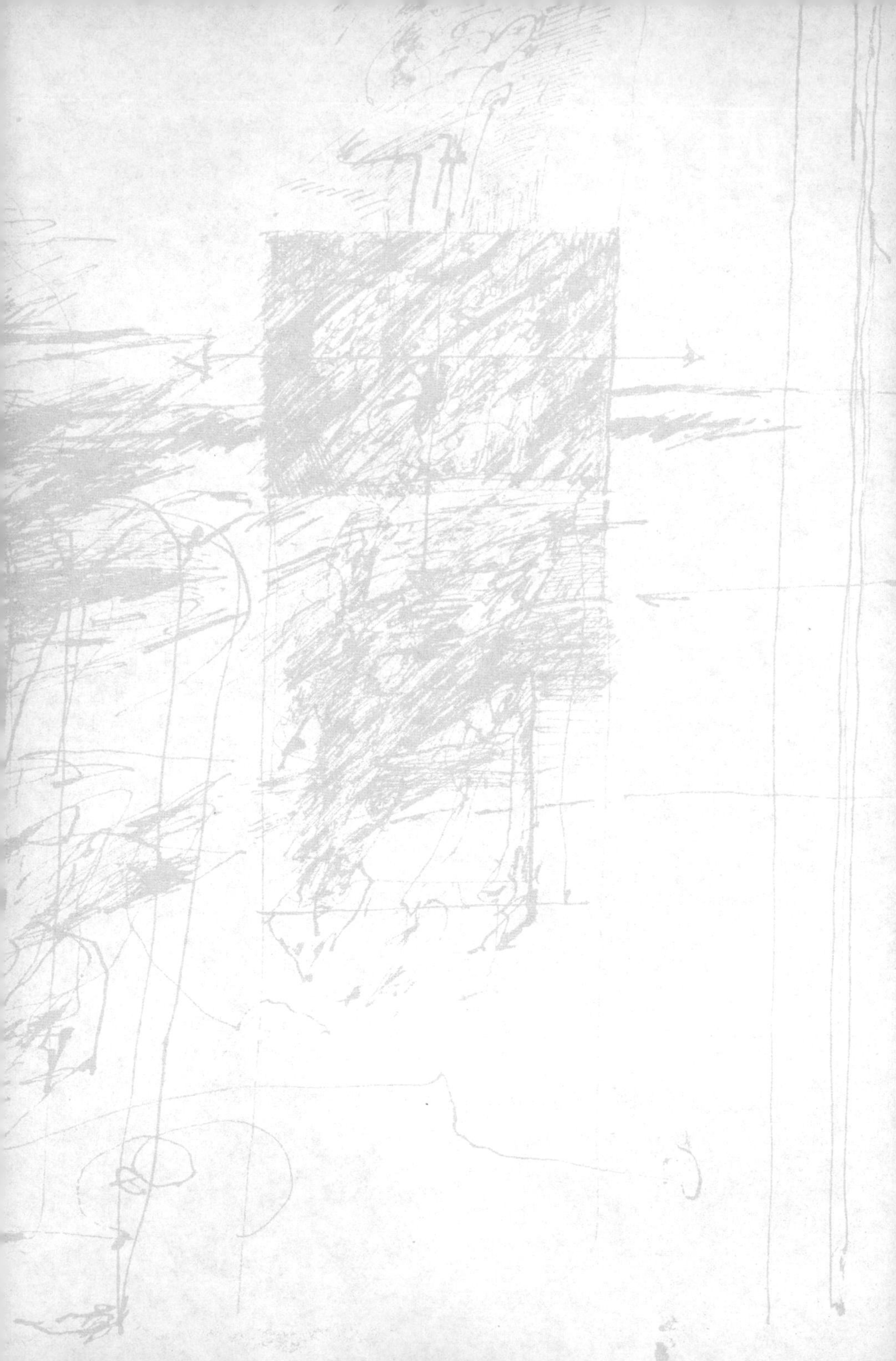

目次

劉以鬯作品集｜出版前言 4

序 6

酒徒 11

【附錄】二〇一五年行人版前記 292

劉以鬯作品集

出版前言

劉以鬯先生，知名作家、報人。

先生一九一八年出生於上海，二〇一八年辭世於香港。百歲的生命歷程，藉由文學創作見證了二十世紀的時代變局與社會動盪。

他先後在重慶、上海、新加坡、馬來西亞、香港等地擔任報紙副刊編輯、出版社及雜誌總編輯。其編輯風格大膽創新、敢於嘗試，為文化界注入生猛的活力，並獎掖文壇後輩無數。

求新求變的風格也在個人創作中展現，他筆下的香港城市風景、樓市金融之泡沫，生活節奏之急遽，活靈活現；描繪不同階層的人物形貌，從孤兒到富人，從藍領到白領，無不栩栩如生。先生曾云：「我無意寫歷史小說，卻有意給香港歷史加一個注釋。」

代表作《酒徒》被視為華文世界首部長篇意識流小說，敘述一位滿腹壯志的職業作家受困在物慾橫流的社會中糾結苦悶的心境，揭示了理想與絕望、精神世界與物質文明的高度反差；《對倒》則以雙線並行的架構，各自發展兩位不相識的男女主角故事，細膩捕捉了愛情轉瞬即逝的傷懷。兩部作品成為王家衛導演電影《2046》及《花樣年華》靈感來源。

劉以鬯先生以現代主義精神營造了豐饒前衛的小說世界。節奏明朗的音樂性與蒙太奇式的電影感，加之作者自身傳奇色彩亦通過小說人物的內心獨白或對話，犀利地探觸到現代人的生存難題與心理面貌，並隱含了對社會結構、民生議題的批判，引起香港這一代人的共鳴，也是先生作品至今仍震撼新一代讀者，受到年輕人喜愛的原因之一。

先生筆耕不輟，毅力非凡，日寫萬字曾是常態，出版著作更逾四十多部。今年（二〇二三）適逢先生一〇五歲誕辰，聯合文學出版社精選推出劉以鬯作品集五冊，向這位文壇先行者致敬。

本作品集依完成年代序輯成五部，分別為長篇小說：《酒徒》、《對倒》、《他有一把鋒利的小刀》、《島與半島》；中短篇小說集《寺內》。其中《他有一把鋒利的小刀》、《島與半島》為首次在台出版。編輯作業尊重劉以鬯先生生前遺願，所有作品文字皆保留原始用法，於適當處加以注釋。

序

劉以鬯

不管人類的生活方式怎樣變換，作為一種藝術形式的小說，雖年輕，依舊有其存在的價值。不過，由於電影與電視事業的高度發展，小說家必須開闢新道路。

十九世紀的小說家，祇需採用「自根至葉」的手法，將一個「故事」交代清楚，說算上乘的作品了。然而，用現代人的眼光來看，祇寫表面，忽略樹輪，不但缺乏深度，抑且極不科學。「狄更斯筆下的人物都是平扁的。」—E・M・福斯特說：「祇有大衛・考伯菲爾似有使其圓形的全圖，但是這個人物的如此易於溶解：令人獲得的感覺仍然是一個肥皂泡；而不是固體。」狄更斯在寫大衛・考伯菲爾時，著墨濃濇，經常用自己的活力去搖撼書中人物。結果，在不知不覺中，竟將自己的生命也借給大衛了。縱然如此，大衛・考伯菲爾這個人物依舊是平面的，讀者可以看到那些表面上的精細，卻無法從其他角度去觀察「他」的靈魂。

狄更斯無疑是一個偉大的小說家，但是那種「自根至葉」的單線敘述絕對不能完全地表現更錯綜複雜的現代社會與現代人。

到了本世紀初，叔本華、尼采與佛洛依特的新學說，使小說家在表現手法上，產生了極大的轉變。特別是佛洛依特的心理分析學，使小說家的工作更加吃重了。小說家不能平鋪直敘地講一個「故事」就算，他需要組織一個新的體制。湯馬士•曼廣泛地運用哲學的象徵主義，將二十世紀工業社會的衰微視作一種不正常的越軌現象。這個觀點，在他的《布騰勃洛克》中，占據很重要的地位。但是，能夠完全地將一幅複雜的心理過程描繪出來的則是M•普魯斯特。他的《追憶似水年華》是一部很長的小說，共有七卷，人物刻劃的精細，令人驚駭。有人認為：「這是一本混亂的書，組織很壞，沒有外在的定型；不過，由於內在的和諧，使它的混亂仍能凝合在一起。」於此可見，內在真實的探求成為小說家的重要目的已屬必須。J•喬也斯的《優力西斯》以完全反傳統的面貌使讀書界見到了新的方向。這是一本以意識流手法為主的長篇小說，以冗長的篇幅寫一九〇四年六月十六日那一天中發生在杜柏林的事。

意識流這個名稱首先出現在心理學家W•詹姆士（按：小說家亨利•詹姆士的弟弟）的文章裏。不過，第一個在小說裏運用意識流手法的則是E•杜牙丹。杜牙丹的方法與後來V•吳爾芙在《浪》中表現的「內心獨白」極其相似。「內心獨白」與意識流本身在思想的默誦上、在知覺上、在感受上都略有不同。

「內心獨白」與「意識流」都是小說寫作的技巧，不是流派。小說家在探求內在真實時，並不是非運用此種技巧不可的。作為一個現代小說家，必須有勇氣創造並試驗新的技巧和表現方法，以期追上時代，甚至超越時代。

許多人以為探求內在真實是一種標新立異的主張，其實，這是歷史的必然發展。寫實主義的沒落，早已成為普遍性的現象。

寫實主義，要求作家通過他的筆觸「將社會環境的本來面目完全地再現」，這樣做，其效果遠不及一架攝影機所能表現的。現代社會是一個錯綜複雜的社會，衹有運用橫斷面的方法去探求個人心靈的飄忽、心理的幻變並捕捉思想的意象，才能真切地、完全地、確實地表現這個社會環境以及時代精神。寫實主義所採用的技巧與表現方法，都不能做到完全的地步，雖不至於背離事實，但也祇局限於外在的、浮面的描寫。

我們目下所處的時代是一個苦悶的時代，人生變成了「善與惡的戰場」，潛意識對每一個人的思想和行動所產生的影響，較外在的環境所能給予他的大得多。

五四以來，大家對小說一直有個固執而又膚淺的看法，認為摹擬自然的寫實主義的小說才是「正統」的小說；反之，即屬標新立異。這樣的觀點，恕我直率地指出，實在是錯誤的。

文學史上所記載者，無非是各種「主義」的此消彼長的演變，如果沒有「新的」代替「舊的」，文學本身就將永遠停留在某一個階段的水平上了。我們當然不能否定某一部作品在它的時代中所具有的特殊意義以及它在整個文學史上所占有的一定的位置，但是我們也沒有理由反對一切新的、具有創造性的作品出現。

這本《酒徒》，寫一個因處於這個苦悶時代而心智不十分平衡的知識分子怎樣用自我虐待的方式去求取繼續生存。

如果有人讀了這篇小說而感到不安，那也不是出乎我意料之外的事情。

這些年來，為了生活，我一直在「娛樂別人」；如今也想「娛樂自己」了。

（一九六二年十月十六日於香港北角）

編注：本文為《酒徒》一九六三年香港海濱圖書公司版之原序。

酒徒

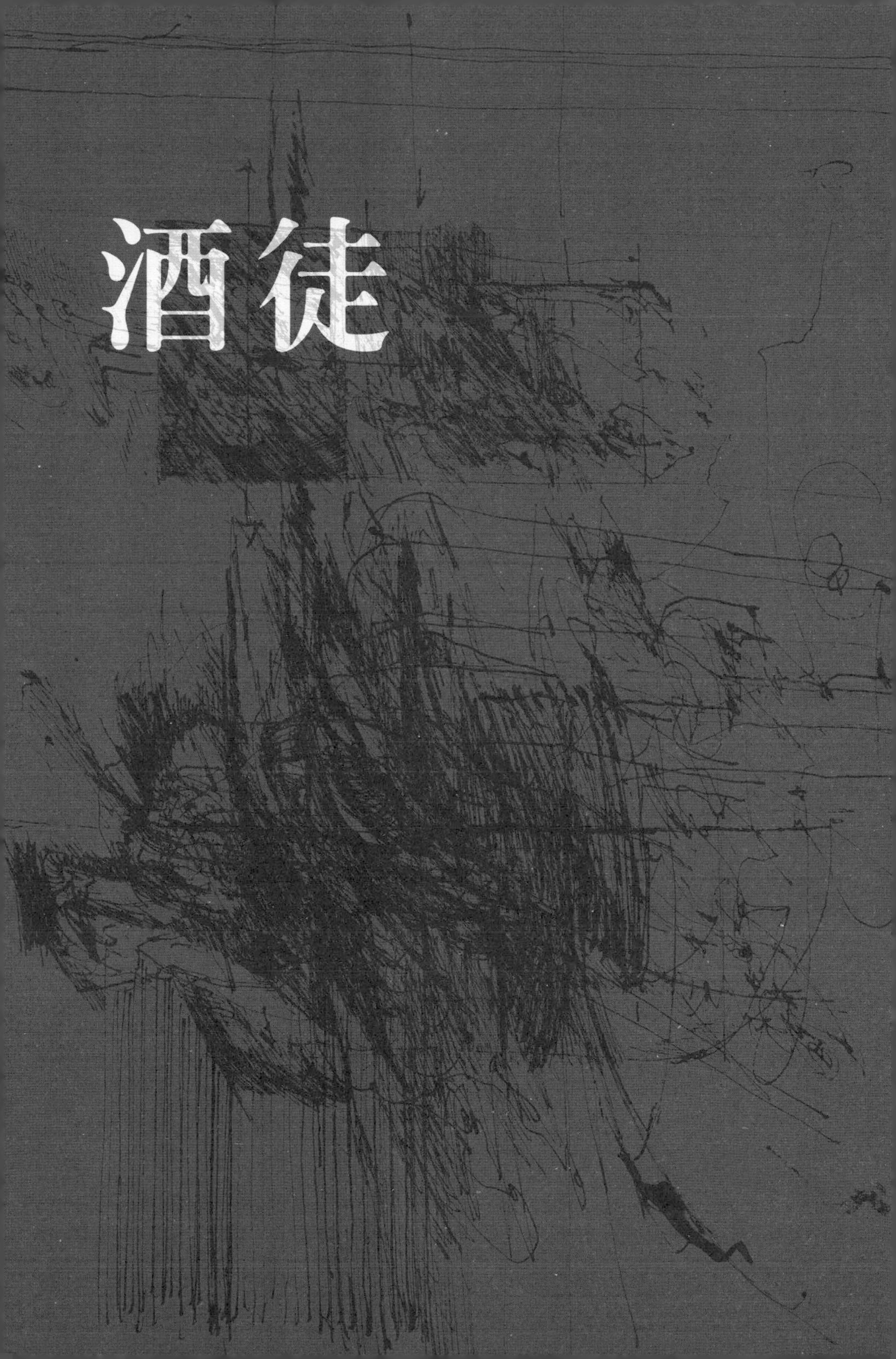

OI

生銹的感情又逢落雨天，思想在煙圈裏捉迷藏。推開窗，雨滴在窗外的樹枝上眨眼。雨，似舞蹈者的腳步，從葉瓣上滑落。扭開收音機，忽然傳來上帝的聲音。我知道我應該出去走走了。然後是一個穿著白衣的侍者端酒來，我看到一對亮晶晶的眸子。（這是「四毫小說[1]」的好題材，我想。最好將她寫成黃飛鴻的情婦，在皇后道的摩天大樓上施個「倒捲簾」，偷看女祕書坐在黃飛鴻的大腿上。）思想又在煙圈裏捉迷藏。煙圈隨風而逝。屋角的空間，放著一瓶憂鬱和一方塊空氣。兩杯拔蘭地中間，開始了藕絲的纏。時間是永遠不會疲憊的，長針追求短針於無望中。幸福猶如流浪者，徘徊於方程式「等號」後邊。

音符以步兵的姿態進入耳朵。固體的笑，在昨天的黃昏出現；以及現在。謊言是白色的，因為它是謊言。內在的憂鬱等於臉上的喜悅。喜悅與憂鬱不像是兩樣東西。

——伏特加，她說。

——為甚麼要換那樣烈性的酒？我問。

——想醉倒固體的笑，她答。

我向侍者要了兩杯伏特加。（這個女人有一個長醉不醒的胃，和我一樣）

眼睛開始旅行於光之圖案中，哲學家的探險也無法從人體的內部找到寶藏。音符又以步兵的姿態進入耳朵：「煙入汝眼」，黑人的嗓音有著磁性的魅力。如果占士甸還活著，他會放棄賽車而跳扭腰舞嗎？

——常常獨自走來喝酒？她問。

——是的。

——想忘掉痛苦的記憶？

——想忘掉記憶中的喜悅。

固體的笑猶如冰塊一般，在酒杯裏游泳。不必想像，她在嘲笑我的稚嫩了。獵者未必全是勇敢的；尤其是在霓虹叢林中，鞦韆架上的純潔，早已變成珍品。

一杯。兩杯。三杯。四杯。五杯。

我醉了。腦子裏祇有固體的笑。

1 四毫指的是四角，泛指六、七〇年代流行的言情小說一類，因售價為四毫，故名之。

02

我做了許多奇奇怪怪的夢。我夢見太空人在金星唱歌。我夢見撲克牌的「王」在手指舞廳作黑暗之摸索。我夢見一群狗在搶啃骨頭。我夢見林黛玉在工廠裏做膠花。我夢見香港陸沉。我夢見她在我夢中做夢而又夢見了我。

我夢見我中了馬票

我將鋼筆丟掉了然後穿著筆挺的西裝走進灣仔一家手指舞廳將全場舞女都叫來坐枱我用金錢購買倨傲

然後我買了一幢六層的新樓

自己住一層

其餘的全部租出去

從此不需要再看二房東的嘴臉也不必擔心業主加租

然後我坐著汽車去找趙之耀

趙之耀是一個吝嗇的傢伙
我貧窮時曾經向他懇借二十塊錢他扁扁嘴將頭偏過一邊
現在我有錢了
我將鈔票擲在他的臉上
然後我坐著汽車去找張麗麗
張麗麗是一個勢利的女人
我貧窮時曾經向她求過愛她扁扁嘴將頭偏過一邊
現在我有錢了
我將鈔票擲在她的臉上
然後我坐著汽車去找錢士甫
錢士甫是一家出版社的老闆
我貧窮時曾經向他求售自己的小說他扁扁嘴將頭偏過一邊
現在我有錢了
我將鈔票擲在他的臉上
然後我坐著汽車經過皇后道因為我喜歡別人用欽羨的目光注視我
然後我醒了

真正的清醒。頭很痛。乜斜著眼珠子，發現那個熟睡中的女人並不美。不但不美，而且相當醜陋。她的頭髮很亂。有很多脫落的頭髮散在枕頭上。她的眉毛長得很疏。用眉筆畫的兩條假眉，經過一夜的輾轉反側，各自短了一截。她的皮膚也相當粗糙，毛孔特別大。（昨天在那餐廳見到她時，她的皮膚似乎很白淨很細嫩：現在完全不同了，究竟甚麼道理？也許因為那時的燈光太暗；也許因為那時她搽著太多的脂粉；也許那時我喝醉了；也許……總之，現在完全不同了。）她的鼻子有著西洋人的趣味，事實上，以她的整個臉相來看，祇有鼻子長得最美。她的嘴唇仍有唇膏的痕跡，仔細看起來，像極了罐頭食物裏的浸退了色素的櫻桃。但是，這些遠不能算是最醜惡的。最醜惡的是：眼梢的魚尾紋，隱隱約約的幾條，不用香粉填塞，不能掩飾。她不再年輕，可能四十出頭：但是在黝暗的燈光下，搽著太濃的脂粉，用醉眼去欣賞，她依舊是一朵盛開的鮮花。

她睡得很酣，常常在迷漾意識中牽動嘴角。我無法斷定她夢見了甚麼；但是我斷定她在做夢。當她轉身時，她舒了一口氣，很腥，很臭，使我祇想作嘔。（如果不是因為喝多了幾杯，我是絕對不會跟她睡在一起的。）我一骨碌翻身下床，洗臉刷牙，穿衣服，將昨天下午從報館領來的稿費分一半塞在她的手袋裏。我的稿費並不多，但是我竟如此的慷慨。我是常常在清醒時憐憫自己的；現在我卻覺得她比我更可憐。我將半個月的勞力塞在她的手袋裏，因為此刻我已清醒。離開酒店，第一個念頭便是喝酒。我走進士多[2]買了一瓶威士忌，回到家裏，不敢喝。我還要為兩家報館寫連載的武俠小說。攤開 25×20＝500 的原稿紙，心裏說不出多麼的不舒服。（這兩個武俠小說已經寫了一年多，為了生活，放棄自己的才智去做這樣的文章，已經是一件值得詫異的事了；更奇的是：讀者竟會隨同作者的想像去到一個虛無飄渺的境界，且不覺憚煩。）我笑了，走去揭開酒瓶的蓋頭，斟了一杯。（如果可能的話，我將寫個中篇小說，題目叫做《海明威在香港》，說海明威是一個貧病交迫的窮書生，每天以麵包浸糖水充飢，千錘百煉，完成了一本《再會吧，武器！》到處求售，可是沒有一個出版商肯出版。出版商要海明威改寫武俠小說，說是為了適應讀者的要求，倘能迎合一般讀者的口味，不但不必以麵包浸糖水充飢；而且可以馬上買樓坐汽車。海明威拒絕這樣做，出版商說他是傻瓜。回到家裏，他還是繼續不斷的工作。完成《鐘為誰敲》時，連買麵包的錢也沒有了。包租婆將他趕了出來，將他睡過的床位改租給一個筲箕灣街邊出售「腎虧藥丸」的小販。海明威仍不覺醒，捧了《鐘為誰敲》到處求售，結果依舊大失所望。祇好將僅賸的一件絨大衣當掉，換了幾頓飯和一堆稿紙，坐在樓梯底繼續寫作。天氣轉冷了，但是他的寫作欲依舊像火一般的在內心中熊熊燃燒。有一天早晨，住在二樓的舞女坐著汽車回來，發現樓梯底躺著一具屍首，大聲驚叫，路人紛紛圍攏來觀看，誰也不認識他是誰。警察走來時，死者手裏還緊緊握著一本小說的原稿，題目是：《老人與海》！）我又笑了，覺得這個想念很有趣。我喝了一口酒，開始撰寫武俠小說。（昨天寫到通天道人要替愛徒杭雨亭復仇，然而仇人鐵算子遠在百里之外，該怎樣寫呢？）我舉

2 英文的Store，指商店。

起酒杯，一口呷盡。（有了！通天道人用手指夾起一隻竹筷，呵口氣在筷子上，臨空一擲，筷子疾似飛箭，嗖的一聲，穿山而過，不偏不倚，恰巧擊中鐵算子的太陽穴！）

一杯。兩杯。三杯。四杯。

擱下筆。雨仍未停。玻璃管劈刺士敏土[3]，透過水晶簾，想看遠方之酒渦。萬馬奔騰於橢圓形中脊對街的屋脊上，有北風頻打呵欠。

兩個圓圈。一個是淺紫的三十六；一個是墨綠的二十二。

兩條之字形的感覺，寒暄於酒杯中。秋日狂笑。三十六變成四十四。

有時候，在上的在下。有時候，在下的在上。俯視與仰視，皆無分別。於是一個圓圈加上另一個圓圈，當然不可能是兩個圓圈。

三十六與三十六絕不相同。在上的那個有兩個圓圈，在下的祇有一個。

秋天在8字外邊徘徊。太陽喜歡白晝；月亮也喜歡白晝；但是，黑夜永不寂寞。誰躺在記憶的床上，因為有人善於玩弄虛偽。

與8字共舞時，智慧齒尚未出齊。憂鬱等於快樂。一切均將消逝。

秋天的風遲到了，點點汗珠。

我必須對自己宣戰，以期克服內心的恐懼。我的內心中，也正在落雨。

（詩人們正在討論傳統的問題。其實，答案是很容易找到的。）

（以《紅樓夢》為例。）
（如果說《紅樓夢》是中國古典文學中最傑出的著作，相信誰也不會反對。）
（用今天的眼光來看，《紅樓夢》是一部傳統之作。）
（但是，實際的情形又怎樣？兩百多年前的小說形式與小說傳統究竟是甚麼樣的面目？如果曹雪芹有意俯拾前人的創作方法，他就寫不出像《紅樓夢》這樣偉大的作品來了。）
（如果曹雪芹的創作方法不是反傳統的，則劉銓福也不會在獲得「脂硯甲戌本」六年後寫下這樣一條跋語了：「紅樓夢非但為小說別開生面，直是另一種筆墨……」）
（然而用今天的眼光來看，《紅樓夢》是一部傳統之作。）
（如果曹雪芹的創作方法不是反傳統的，也不會被梁恭辰之流曲解了。）
（然而用今天的眼光來看，《紅樓夢》是一部傳統之作。）
（還是聽曹雪芹的自白吧：「……我師何太癡？若云無朝代可考，今我師竟假借漢唐等年紀添綴，又有何難？但我想歷來野史皆蹈一轍，莫如我這不借此套者，反倒新奇別緻。」……）
（毫無疑問，曹雪芹的創作方法是反傳統的！）

3　「士敏土」，即水泥（cement）的英文音譯。魯迅曾在〈《梅斐爾德木刻士敏土之圖》序言〉中，推介蘇聯作家革拉特珂夫的作品《水泥》給中國讀者，這部小說當時被譯為《士敏土》。

（他不滿意「千部一腔，千人一面」！）

（艾略脫曾經講過：如果傳統的意義僅是盲目地因循前人的風格，傳統就一無可取了。）

（所以，曹雪芹在盧梭撰寫《懺悔錄》的時候，就用現實主義手法撰寫《石頭記》了！約莫三十年之後，歌德才完成《浮士德》第一部。約莫四十年之後，J・奧斯汀的《傲慢與偏見》出版。約莫八十年之後，果戈里的《死靈魂》出版。約莫一百年之後，福樓拜的《波伐荔夫人》出版。約莫一百多年之後，屠格涅夫的《父與子》與杜斯退益夫斯基的《罪與罰》出版。約莫一百十年之後，托爾斯泰的《戰爭與和平》才問世……唉！何必想這些呢？還是喝點酒吧。）

一杯。兩杯。三杯。

喝完第一杯酒，有人敲門，是包租婆，問我甚麼時候繳房租。

喝完第二杯酒，有人敲門，是報館的雜工，問我為甚麼不將續稿送去。

喝完第三杯酒，有人敲門，是一個不相識的、肥胖得近乎臃腫的中年婦人，問我早晨回來時為甚麼奪去她兒子手裏的咬了一口的蘋果。

（曹雪芹也是一個酒徒。那是一個有風有雨的日子，敦誠跟他在槐園見面，寒氣侵骨，敦誠就解下佩刀沽酒，彼此喝個痛快。「脂」本朱評說曹雪芹死於壬午除夕，卻並未透露死因。曹雪芹會不會是一個心臟病患者。因感傷而狂飲，而舊疾猝發？）

（酒不是好東西，應該戒絕。——我想。）

03

玻璃窗掛著燦然的雨點。掛著雨點的玻璃窗外，有「好彩」牌香菸的霓虹燈廣告亮起。天色漆黑，霓虹燈的紅光照射在晶瑩的雨點上，雨點遂成紅色。我醒了。頭很痛。口裏很苦。渴得很，望望桌面上的酒瓶，瓶已空。（酒不是好東西，應該戒絕。——我想。）翻個身，臉頰感到一陣冷涔，原來我已經流過淚了。我的淚水也含有五百六十三分之九的酒精。這是很有趣的事情。酒精本身就是那樣有趣的。祇有酒醉時，世界就有趣了。沒有錢買酒時，現實是醜惡的。香港這個地方，解下佩刀沽酒的朋友不多。

有點肚餓，想出街去吃些東西。一骨碌翻身下床，扭亮枱燈，發現還有一段武俠小說沒有寫好。於是記起包租婆的嘴臉與那個走來索稿的報館雜工，心裏立刻有一種不可言狀的感覺，不能用文字來翻譯。現實是殘酷的。（酒也不是好東西。）提起筆，「飛劍」與「絕招」猶如下午五點鐘中環的車輛，擁擠於原稿紙上。誰說飛劍與絕招是騙人的東西？祇有這取人首級於千里之外的文章才能換到錢。沒有錢，就得挨餓。沒有錢，就沒有酒喝。

酒不是好東西，但不能不喝。

不喝酒，現實會像一百個醜陋的老嫗終日喋喋不休。

現實是世界上最醜惡的東西。我必須出去走走了。雨已停。滿街都是閒得發慌的忙人嗎？不一定。有些忙人卻抵受不了櫥窗的引誘，睜大如鈴的眼睛。（櫥窗裏的膠質模特兒都很美，美得教人希望它們是真的。Rod Stering 寫過一個電視劇本，說是一個膠質模特兒獲得假期出外遊樂，回來時竟忘記自己是個沒有血肉的模特兒了。我曾經在「麗的映聲[4]」中看到過這個劇本的形象化，覺得它很美。——一種稀有的恐怖之美。）於是，我也養成了看櫥窗的習慣，即使無意隱遁於虛無飄渺中，倒也常有不著邊際的希冀。於是，有溫香不知來自何處，玻璃櫥窗上，突然出現一對閃熠似鑽石的眸子。

——喝杯咖啡？張麗麗說。

——祇想喝酒。

隨即是一個淺若燕子點水的微笑，很媚。上樓時，舉步乃有飄逸之感。這家百貨商店，有個日本名字。它的二樓，有喝咖啡的茶廳；也有喝酒的餐廳。燈光如小偷般隱匿於燈罩背後，黝暗的迷漫中，無需膽量，即會產生浪漫的懷思。我曾經不止一次夢見過她。最後的一次，將鈔票擲在她的臉上。我失笑，彷彿昨夜的夢與此刻的現實都不是應該發生的事。

我常常以為中了邪，被甚麼妖魔懾服了，呷一口酒，才弄清楚糊塗的由來。

她的眼睛是現代的。但是她有石器時代的思想。眼眶塗著一圈漫畫色彩，過分齊整的牙齒失去真實的感覺。從她的眼睛裏，我看到這個世界的潛在力量。

我怕。我變成一個失敗者。一二三四五六七八九十，我依舊爬不起來。

在張麗麗面前，我永遠是一個失敗者。

在張麗麗面前，我的感情被肢解了。

在張麗麗面前，我必須隱藏自己的狼狽。

在張麗麗面前，我像小學生見到暴躁的教師。

在張麗麗面前，我擎起白旗。

她的笑與她的眼睛與她的牙齒與她的頭髮與她的思想與她的談吐與她的吸菸的姿勢與她的塗著橙色唇膏的嘴……

全是武器！

情緒如折翼的鳥雀，有逃遁的意圖而不能。她對我並無需索；我對她卻有無望的希冀。她知道我窮，所以開口便是——星期一買龍鏢，飛鳳，人造衛星[5]，過三關，贏得不多，總算贏了。

---

4 香港電視台，亞洲電視的前身。

5 「龍鏢」、「飛鳳」、「人造衛星」，同屬賽馬活動中的馬匹名字。

我對此毫不羨慕，祇舉杯將酒一口飲盡。她也舉起酒杯，呷了一口酒，忽然轉換話題：

——找到工作沒有？

——仍在賣稿。

——寫稿很辛苦。

——總比挨餓好。

——眼前有一份工作，不知道你願不願意做。

——甚麼工作？

——捉黃腳雞[6]。

——不明白你的意思。

——我認識一個紗廠老闆，很有錢，為人極其拘謹，也極其老實，平常不大出來走動。自從認識我之後，常在辦公時間偷偷地走來找我。

——還是不明白你的意思。

——我準備選定一個日期，約他到酒店，然後你在適當的時候走進來，趁其不備，拍一張照片！

——這是從電影裏學來的卑鄙手段。

——祇要有錢可拿，管它卑鄙不卑鄙。

——換一句話說，你要我用攝影師的身分向他敲詐。

——不，我要你用丈夫的身分向他敲詐。

——你要我做你的名義上的丈夫？

——一點也不錯。

——我向侍者又要了一杯酒。張麗麗說我不應該喝得那麼多；但是我不願意面對醜惡的現實。我沒有作任何決定，祇管傾飲拔蘭地，當我有了三分醉意時，她埋單。臨走時，她說：

——如果你肯這樣做，打一個電話給我。

6 俗稱「仙人跳」。

04

潮濕的記憶。

現實像膠水般黏在記憶中。母親手裏的芭蕉扇，搧亮了銀河兩旁的牛郎織女星。落雪日，人手竹刀尺圍在爐邊舞蹈。

輪子不斷地轉。母親的「不」字阻止不了好奇的成長。十除二等於五。有個唱小旦的男人名叫小楊月樓。大世界的酸梅湯。憂鬱迷失路途，找不到自己的老家。微笑是不會陌生的。蝴蝶之飄突然消失於網中。

輪子不斷地轉。打倒列強，打倒列強。除軍閥，除軍閥。國民革命成功，國民革命成功，齊歡唱！齊歡唱！

輪子不斷地轉。有朋自遠方來，不亦樂乎？那個賣火柴的女兒偷去不少淚水。孫悟空的變態心理起因於觀眾的鼓掌聲。黃慧如與陸根榮。安南巡捕的木棍。立春夜遂有穿睡衣的少女走入夢境。

輪子不斷地轉。點線面旅行於白紙上。聽霍桑講述呂伯大夢。四絃琴嘲笑笨拙的手指。先施公司門口有一堆冒充蘇州人的江北野雞。青春跌進華爾滋的圓圈。謎樣的感情。

輪子不斷地轉。「地無分南北，年無分老幼，無論何人，皆有守土抗戰之責任。」一八一三。四行倉庫裏的孤軍。亞爾培路出賣西班牙的刺激。那個舞女常常借錢給我。無桅之舟航行於士敏土上。租界是笑聲集中營。笛卡兒與史賓諾莎。我是老師的叛徒。他喜歡狄更斯，我卻變成喬也斯的崇拜者。女人眼睛裏的磁力。槐樹以其巨大的身軀掩蓋荒謬的大膽。

輪子不斷地轉。戴著方帽子走進「大光明戲院」。一九四一。《亂世佳人》在「大華」公映。畢業證書沒有半個中國字。日軍三路會攻長沙。

輪子不斷地轉。日本坦克在南京路上疾駛，一張寫著「全滅英米艦隊」的標語被北風的手指撕落了。站崗。愚園路的裸體跳舞。十點小。十一點大。葛嫩娘是反日的。七十六號的血與哆嗦。

輪子不斷地轉。通過封鎖線。柴油汽車是公路的獨生子。人人有工作，人人有屋住。曲江的月亮麻木了。文化城內幫派多。火車的終點瀰漫著美國西部的氣息。娃娃魚。海棠溪之初夏。

輪子不斷地轉。山城。濃霧擊退敵機。「唯一大戲院」上映保羅茂尼的《左拉傳》。紳士皆吸「華福牌香菸」。我遠征軍入緬，在仁安羌痛擊日軍，解救英軍之危。李白坐在嘉陵江邊的騾車上。

輪子不斷地轉。我學會了抽菸。倫敦電臺廣播日本艦隊司令古賀峰一陣亡。停電。「心心咖啡館」的偽現代情調。精神堡壘。腳不著地的四川人力車夫。白乾與毛肚開堂。年輕人都去「銀社」看《杏花・春雨・江南》。

輪子不斷地轉。防空洞裏發現患霍亂病的死者。兩隻耗子在石級上寒暄。祇有鐵，祇有血，祇有鐵血可以救中國。靈感跌入龍井茶。書店很多。沒有人知道福克納的《我在等死》與《喧嘩與騷動》。沒有人知道康拉艾根的《憂鬱與航程》。沒有人知道卡夫卡。沒有人知道朱爾斯・羅曼。

沒有人知道吳爾芙。沒有人知道普魯斯特。……

輪子不斷地轉。我軍克服老河口。

輪子不斷地轉。哥哥將僅有的冬季大衣送進拍賣行。昆明來客常有口香糖。濃霧。有一則新聞是千金小姐愛上了狼狗。衡陽守軍苦戰四十七天。有地板的人家正在舉行派對。

輪子不斷地轉。湘桂大撤退。空氣走不進車廂。一家報館的總編輯被擠死了。恐慌。恐慌。恐慌。

輪子不斷地轉。敵軍進逼獨山。重慶的有錢人打算入西康。中發白。上清寺的芝麻糊生意仍佳。信心在發抖。駐緬國軍回國反攻。

輪子不斷地轉。「號外！號外！盟軍登陸諾曼第，在歐洲開闢第二戰場！」

輪子不斷地轉。孱弱的希望打了強心劑。紅油水餃。嘉陵江邊的縴夫不會唱〈伏爾加船夫曲〉。

樹的固執。小說的主題在火中燃燒。白雲瞌睡於遙遠處。家書來自淪陷區。父親死了。淚水掉在飯碗裏。

輪子不斷地轉。聯合國憲章與波茨坦宣言。「天快亮了！」希望在廢墟中茁長。四川雞蛋麵具有古典主義的煮法。窗外有風景在招手。寫字枱上的計劃書亦將乘飛機而東去。爆竹聲起，正是悲劇落幕時。

輪子不斷地轉。原子彈使廣島與長崎失去黑白之辨。東邊的夢破碎了。西邊的夢中有人倒騎騾子。九月九日，岡村寧次交出指揮刀。

輪子不斷地轉。歸舟如沙甸魚[7]般擁擠在三峽。河山依舊。隔壁的張老三不敢照鏡子。母親久焉未露笑容，淚眼看不清遊子的白髮。接收者在民眾心田上種下太多的仇恨。勝利沖昏頭腦。

輪子不斷地轉。和平終被姦汙。烽火從東北燃起。火！火！火！

輪子不斷地轉。南方一塊大石頭。維多利亞海峽上的渡輪。天星碼頭是九龍之唇。陌生的眼睛與十一月的汗珠。「沿步路過」。驚詫於「請行快的」。亞多到士多去買多士，阿屎[8]多。遠東的櫥窗。金圓券[9]的故事不可能在這裏重演。汽車越坐越大。房屋越住越小。大少爺在「告羅士打」門口等待可以借錢的朋友。

輪子不斷地轉。威士忌。拔蘭地。紅盾牌碎酒。VAT69。杜松子酒。伏特加。香檳。薑汁啤酒。

……

輪子不斷地轉。有人在新加坡辦報。文化南移乎?猴子在椰樹梢採椰。馬來人的皮膚是古銅色的。五樅樹下看破碎的月亮。聖誕夜吃冰淇淋。三輪車在「萊佛士坊[10]」兜圈。默迪加。羼[11]有咖喱的大眾趣味。武吉智馬的賽馬日。贏錢的人買氣球;輸錢的人輪巴士。孟加里也會玩福建四色牌。文明戲仍是最進步的。巴剎風情。惹蘭巴剎的妓女夢見北國的雪。有人在大伯公廟裏磕了三個響頭。郁達夫曾經在這裏編過副刊。

---

7 沙丁魚。
8 「阿屎」即「拉屎」。
9 「金圓券」是中華民國政府於一九四八年八月開始發行，至一九四九年七月停止流通的一種貨幣。政府要求民間以黃金、外幣兌換，於通行的十個月間急遽貶值，不得不再行幣制改革。
10 新加坡地名，該地集中許多商業大廈。
11 讀音ㄔㄢ，混雜之意。

輪子不斷地轉。吉隆坡。鵝岸河邊有芭蕉葉在風中搖曳。錫礦是華僑的血管。甲必丹葉觀盛（一八八九—一九〇一）。湖園的竹篁在陽光下接吻。奧迪安戲院專映米高梅出品。趕牛車的印度人也嚼檳榔。榴蓮花未開，有人就當掉了紗籠。大頭家陸佑從未夢見過新藝綜合體。馬來巴剎的沙爹是一把打開南洋文化的鑰匙。月亮是不是更圓？綠色的叢林中，槍彈齊舞。窗前有一些香蕉花。杏都律的灰塵正在等待士敏土的征服。

輪子不斷地轉。香港在招手。北角有霞飛路的情調。天星碼頭換新裝。高樓大廈皆有捕星之欲。受傷的感情仍須燈籠指示。方向有四個。寫文章的人都在製造商品。拔蘭地。將憎惡浸入拔蘭地。

所有的記憶都是潮濕的。

05

這條街祇有人工的高貴氣息；但是世俗的眼光都愛雀巢式的髮型。我忘記在餐廳吃東西，此刻倒也並不飢餓。醉步踉蹌，忽然憶起口袋裏的續稿尚未送去。

我是常常搭乘三等電車的。

有個穿唐裝的瘦子與我並肩而坐。此人瘦若竹竿；但聲音極響，說話時，唾沫星子四處亂噴。售票員咧著嘴，露出一排閃呀閃的金牙，聚精會神地聽他講述姚卓然的腳法。

（我應該將我的短篇小說結成一個集子，我想。短篇小說不是商品，所以不會有人翻版。我應該將我的短篇小說結成一個集子。）

走進報館，將續稿放在傳達的桌面上。時近深宵，傳達也該休息了。

登登登，那個編「港聞二」的麥荷門以驟雨般的疾步奔下木梯。一見我，便提議到皇后道「鑽石」去喝酒。我是一個酒徒，他知道的。我不能拒絕他的邀請。「鑽石」的滷味極好，對酒徒是一種無法抗拒的引誘。坐定後，他從公事包裏掏出一個短篇來，要我帶回家去，仔細讀一遍，然後給他一些批評。我說：我是一個寫庸俗小說的人，不夠資格欣賞別人的文藝作品，更不必說是批評。他笑笑，把作品交給我之後，就如平日一樣提出一些有關文藝的問題：

——五四以來，作為文學的一個部門，小說究竟有了些甚麼成績？

——何必談論這種問題？還是喝點酒，談談女人吧。

——你覺得《子夜》怎麼樣？

——《子夜》也許能夠「傳」，不過，魯迅在寫給吳渤的信中說：「現在也無更好的長篇作品。」

——巴金的《激流》呢？

——這種問題傷腦筋得很，還是談談女人吧。

——依你之見，五四以來我們究竟產生過比《子夜》與《激流》更出色的作品沒有？

——喝杯酒，喝杯酒。

——不行，一定要你說。

——以我個人的趣味來說，我倒是比較喜歡李劼人的《死水微瀾》、《暴風雨前》、《大波》與端木蕻良的《科爾沁旗草原》。

麥荷門這才舉起酒杯，祝我健康。我是「有酒萬事足」的人，麥荷門卻指我是逃避主義者。我承認憎厭醜惡的現實；但是麥荷門又一本正經地要我談談新文學運動中的短篇小說了。我是不想談論這種問題的，喝了兩杯酒之後，居然也說了不少醉話。

麥荷門是個愛好文學的好青年。我說「愛好」，自然跟那些專讀四毫小說的人不同。他是決定將文學當作苦役來接受的，願意付出辛勞的代價而並不冀求獲得甚麼。他很純潔，家境也還過得去，進報館擔任助理編輯的原因祇有一個：想多得到一些社會經驗。他知道我喜歡喝酒，所以常常請我喝。前些日子，讀了幾本短篇小說作法之類的書籍後，想跟我談談這一課題，約我到「蘭香閣」去喝了幾杯。他說莫泊桑、契訶夫、奧•亨利、毛姆、巴爾扎克等人的短篇小說已大部分看過，要我談談我們自己的。我不想談，祇管舉杯飲酒。現在，麥荷門見我已有幾分醉意，一邊限制我繼續傾飲；一邊逼我回答他的問題。我本來是不願討論這個問題的，喝了酒，膽量大了起來。

——幾十年來，短篇小說的收穫雖不豐厚，但也不是完全沒有表現的。不過，由於有遠見的出版商太少；由於讀者給作者的鼓勵不大；由於連年的戰禍，作者們耕耘所得，不論好壞，都像短命的曇花，一現即滅。那些曾經在雜誌上刊登而沒有結成單行本的不必說，即是僥倖獲得出版家青睞的作品，往往印上一兩千本就絕版。讀者對作者的缺乏鼓勵，不但阻止了偉大作品的產生；而且使一些較為優秀的作品也無法流傳或保存。正因為是如此，年輕一代的中國作者，看到林語堂、黎錦揚等人獲得西方讀書界的承認，紛紛苦練外國文字，將希望寄存在外國人身上。其實外國人的無法瞭解中國是毋庸置疑的事實。在他們的印象中，中國男人必定梳辮；中國女人必定纏足，因此對中國短篇小說欣賞能力也祇限於《三言兩拍》。曾經有過一個法國書評家，讀了《阿Q正傳》後，竟說它是一個人物的Sketch。這樣的批評當然是不公允的，但是又有甚麼辦法？一個對中國社會制度與時代背景一無所知的人，怎能充分領略這篇小說的好處？不過，有一點，我們不能不承認：五四以來的短篇創作多數不是「嚴格意義的短篇小說」。尤其是茅盾的短篇，有不少是濃縮的中篇或長篇的大綱。他的《春蠶》與《秋收》寫得不錯，合在一起，加上《殘冬》，結成一個集子，格調與J・史坦貝克的《小紅馬》有點相似。至於那個寫過不少長篇小說的巴金，也曾寫過很多短篇。但是這些短篇中間，祇有《將軍》值得一提。老舍的情形與巴金倒也差不多，他的短篇小說遠不及《駱駝祥子》與《四世同堂》。照我看來，在短篇小說這一領域內，最有成就、最具中國作風與中國氣派的，首推沈從文。沈的《蕭蕭》、《黑夜》、《丈夫》、《生》都是傑作。自從喊出文學革命的口號後，中國小說家能夠稱得上Stylist的，沈從文是極少數的幾位之一。談到Style，不能不想起張愛玲、端木蕻良與蘆焚（即師陀）。張愛玲的出現在中國文壇，猶如黑暗中出現的光。她的短篇也不是嚴格意義的短篇小說，不過，她有獨特的Style——一種以章回小說文體與現代精神揉合在一起的Style。至於端木蕻良的出現，雖不若穆時英那樣轟動；但也使不少有心的讀者驚詫於他在作品中顯露的才能。端木的《遙遠的風砂》與《鷥鷺湖的憂鬱》，都是第一流作品。如果將端木的小說喻作咖啡的話，蘆焚的短篇就是一杯清淡的龍井了。蘆焚的《谷》，雖然獲得了文藝獎金，然而並不是他的最佳作品。他的最佳作品應該是《里門拾記》與《果園城記》。我常有這樣的猜測：蘆焚可能是個休伍・安德遜的崇拜者，否則，這兩本書與休伍・安德遜的《溫斯堡・俄亥俄》絕不會有如此相像的風格。就我個人的閱讀興趣來說，他的《期待》應該歸入新文學短篇創作的十大之一。……非常抱歉，我已嘮嘮叨叨的講了一大堆，你一定感到厭煩了，讓我們痛痛快快喝幾杯吧！

但是，麥荷門對於我的「酒話」，卻一點不覺得憎厭。呷了一口酒，他要求我繼續講下去。（這是他的禮貌，我想。）因此，我對他笑笑，喝了一大口威士忌，挾了一大塊油雞塞入嘴裏，邊嘴嚼，邊說：

——荷門，我們不如談談別的吧。利舞臺那部《才子佳人》看過沒有？

——沒有看過。聽說抗戰時期有兩個短篇獲得廣大讀者群一致好評。

——你是指姚雪垠的《差半車麥稭》與張天翼的《華威先生》？

——不錯，正是這兩篇。你覺得這麼樣？

——《差半車麥稭》寫得相當成功；但是《華威先生》有點像速寫。

——就你的閱讀興趣來說，五四以來，我們究竟有過多少篇優秀的短篇小說？

——我哪裏記得清這麼多？還是談談女人吧。

麥荷門對女人似乎不大感興趣，對酒，也十分平常。他對於文學的愛好，大概是超乎一切的。他一定要我回答他的問題。態度堅決，臉上且有不滿之色。沒有辦法，祇好作了這樣的回答：

——就我記憶所及，沈從文的《生》與《丈夫》、蘆焚的《期待》、端木蕻良的《鴜鷺湖的憂鬱》與《遙遠的風砂》、姚雪垠的《差半車麥稭》外，魯迅的《祝福》、羅淑的《生人妻》、臺靜農的《拜堂》、舒群的《沒有祖國的孩子》、老向的《村兒輟學記》、陳白塵的《小魏的江山》、沙汀的《兇手》、蕭軍的《羊》、蕭紅的《小城三月》、穆時英的《上海的狐步舞》、田濤的《荒》、羅烽的《第七個坑》……都是優秀的作品。此外，蔣牧良與廢名也有值得提出來討論的作品。

麥荷門喝了一口酒，提出另外一個問題。

——我們處在這樣一個大時代，為甚麼還不能產生像《戰爭與和平》那樣偉大的作品？

我笑了。

他要我說出理由。

——俄國有史以來，也祇有一個托爾斯泰。我答。

他還是要求我將具體的理由講出來。

經不起他一再慫恿，我說了幾個理由：（一）作家生活不安定。（二）一般讀者的欣賞水平不夠高。（三）當局拿不出辦法保障作家的權益。（四）奸商盜印的風氣不滅，使作家們不肯從事艱辛的工作。（五）有遠見的出版家太少。（六）客觀情勢的缺乏鼓勵性。（七）沒有真正的書評家。（八）稿費與版稅太低。

麥荷門呷了一口酒，又提出一個問題：

——柯恩在《西洋文學史》中，說是「戲劇與詩早已聯盟」；然則小說與詩有聯盟的可能嗎？

——文學史上並不缺乏偉大的史詩與故事詩；而含有詩意的小說亦比比皆是。我知道你的意思當然不是指這些。

——依你的看法：明日的小說將是怎樣的？

——法國的「反小說派」似乎已走出一條新路來了，不過，那不是唯一的道路。貝克特與納布阿考夫也會給明日的小說家一些影響。總之，時間不會停留的；小說家也不可能永遠停在某一個階段。

荷門又提寫實主義的問題，但是我已無意再開口了。我祇想多喝幾杯酒，然後做一場好夢。現實仍是殘酷的東西，我願意走入幻想的天地。如果酒可以教我忘掉憂鬱，又何妨多喝幾杯。理智不良於行，迷失於深山的濃霧中，莫知所從。有人借不到春天，竟投入感情的湖沼。

一杯。兩杯。

魔鬼竊去了燈籠，當心房忘記上鎖時。何處有噤默的冷凝，智者遂夢見明日的笑容。

一杯。兩杯。

荷門仍在提出問題。他很年輕。我想仿效鳥雀遠飛，一開始，卻在酒杯裏游泳。偷燈者在蘋果樹上狂笑，心情之愉快，一若在黑暗中對少女說了一句猥褻的話語。突然想起畢加索的那幅《搖椅上的婦人》。

原子的未來，將於地心建立高樓大廈。伽瑪線可能比北極星更有用。戰事是最可怕的訪客，嬰兒們的啼哭是抗議的呼聲。

流行文章出現「差不多的現象」，沒有人願意知道思想的瘦與肥。

有人說：「那飛機遲早會掉落。」

然而真正從高空中掉落來的，卻是那個有這種憂慮的人。

用顏色筆在思想上畫兩個翼，走進逝去了的年代，看武松怎樣拒絕潘金蓮的求愛；看林黛玉怎樣埋葬自己的希望；看關羽怎樣在華容道放走曹操；看張君瑞的大膽怎樣越過粉牆；看包龍圖怎樣白日斷陽間，晚上理陰司。

一杯，兩杯。

——你不能再喝了，讓我送你回去吧！他說。

——我沒有醉。

一杯，兩杯。

地板與掛燈掉換位置，一千隻眼睛在牆壁上排成一幅圖案。心理病專家說史特拉文斯基的手指瘋狂了，卻忘記李太白在長安街上騎馬而過。太陽是藍色的。當李太白喝醉時，太陽是藍色的。當史特拉文斯基喝醉時，月亮失去圓形。

笑聲裏，眼前出現齊舞的無數金星。理性進入萬花筒，立刻見到一塊模糊的顏色。這是一件非常可能的事，唐三藏坐在盤絲洞裏也會迷惑於蜘蛛的嫵媚。凡是得道的人，都能在千年之前聽到葛許溫的《藍色狂想曲》。

（我的思想也醉了，我想。為甚麼不讓我再喝一杯？夜香港的街景比明信片上的彩色照更美。但是夜香港是魔鬼活躍的時刻。為甚麼送我回家？）

站在鏡子前，我看到一隻野獸。

06

兩隻葫蘆

大葫蘆裏戴著一個男孩小葫蘆裏戴著一個女孩
男孩名叫葫蘆哥女孩名叫葫蘆妹
洪水退去時做哥哥的人向妹妹求婚
妹妹不肯答應哥哥死纏不放
月圓之夜他們在山洞裏交媾
十個月之後葫蘆妹養出一個大肉球
葫蘆哥不喜歡肉球爬上天梯臨空一擲肉球經風一吹立即變成無數個小肉球掉落在地上每一粒
變成一個人
　於是地球上就有很多的人了
造物主將天梯抽去人類從此失去登天的能力

騰雲駕霧變成神仙們的特權人類祇好腳踏實地
這究竟不是有趣的事經過千萬年的沉思太空船終於出現了
我欲乘坐太空船去到很遠很遠的地方翹起大拇指嘲笑天體的笨拙
我欲乘坐太空船去到很遠很遠的地方訪問補天的「女媧」如今究竟添了幾莖白髮
我欲乘坐太空船去到很遠很遠的地方訪問被「倏忽」鑿了七竅的「混沌」
我欲乘坐太空船去到很遠很遠的地方察看六腳四翅的「帝江」究竟在天庭幹些甚麼
我欲乘坐太空船去到很遠很遠的地方尋找那個一次能夠養出十個鬼的「鬼母」問她吃兒子的滋味好不好
我欲乘坐太空船去到很遠很遠的地方用力推醒蛇身人頭的「燭龍神」請他吹口氣驅走人間所有的罪惡
我欲乘坐太空船去到很遠很遠的地方詢問盤古當年怎樣開天闢地
我欲乘坐太空船去到很遠很遠的地方與那位有四張臉孔和八隻眼睛的「黃帝」討論人類心靈的統治
我欲乘坐太空船去到很遠很遠的地方看太陽系外究竟還有幾個太陽
我欲乘坐太空船去到很遠很遠的地方看一下宇宙到底有無極限
我欲乘坐太空船去到很遠很遠的地方尋找那隻名叫「饕餮」的野獸看牠會不會因貪吃無饜而

吃掉自己的肉翅膀

我欲乘坐太空船去到很遠很遠的地方參觀十個太陽同時在「湯谷」洗澡

我欲乘坐太空船去到很遠很遠的地方要求造物主解釋一個問題為甚麼造了人出來又要他們死去

我欲乘坐太空船去到很遠很遠的地方因為第二次的洪水將振滔而來地球又將淹沒

07

陽光射在窗簾上，猶如騎師穿的綵衣。十一點半，頭痛似針刺。這是醉後必有的現象，但是我一睜眼又欲傾飲再醉。（孕婦忍受不住產前的陣痛，在床上用手抓破床單。孩子出生後，她就不再記起痛楚。）我翻了一個身，彈弓床響起輕微的嘎嘎聲。我不喜歡聽這種聲音，卻又非聽不可。這是一種非常難聽的音波，鑽入耳朵後，令我牙癢。我衹好躺在床上不動，連思想也不敢兜個圈子。有人敲門，很輕。翻身下床，整個房間搖擺不已，一若輪船在驚浪駭濤中。我是不想起床的；那輕微的叩門聲具有一種磁性的力量。啟開門，門外站著司馬莉。司馬莉是包租人的女兒，今年十七歲。十七歲是最美麗的年紀，美國有本厚厚的雜誌就叫《十七歲》。我喜歡十七歲的女孩子；我喜歡司馬莉。她有一張稚氣的臉；同時有一顆蒼老的心。每一次見到她的眼睛，立刻就想起安徒生的童話。但是她已經學會抽菸了，而且姿勢極好。她常抽駱駝菸，據電影院的廣告說：「駱駝菸是真正的香菸。」司馬莉每逢週末必看電影，她一定相信廣告是對的。有一次，她走過我的臥房，一開口便是「給我斟杯拔蘭地」。那時候，她的父母到朋友家裏去打牌了。司馬莉也喜歡打牌，祇是不願意跟父母一起出去。當父母不在家的時候，她會走進我的臥室喝杯酒，抽支駱駝菸；或者透露一點心事。她雖然祇有十七歲，但是她有很多的心事。她曾經告訴我：她有五個男朋友。我吃了一驚。可是更使我吃驚的是：她說她可能會在最短期間結婚。一個十七歲的女孩子應該多讀些書；不應該嫁人。但是她曾經向我透露：她有這樣做的企圖。我要她走去跟自己的父母商量，她不肯；我要她走去跟自己母親商量，她也不肯。她堅決表示不願讓父親知道這件事情。有人以為：父母最瞭解子女；其實，真正的情形有恰恰相反。對於子女們的心事，做父母的人，若非最後知道，必然一無所知。司馬莉常常將她的希望與慾望告訴我；可是從來不肯讓她的父母知道。她不在父母面前喝酒。她不在父母面前抽菸。她不在父母面前聽保羅安加的唱片。事實上，她雖然祇有十七歲，倒並不如她父母所想像的那麼正經。據我所知，她的酒量相當不錯，三杯拔蘭地下肚，仍能面不改色。至於其他方面，她的興趣也是超越十七歲的。她並不反對跳薯仔舞[12]與派青架；她不反對在電影院吃雪糕；她不反對到姻緣道去走走，她不反對坐在匯豐銀行門口的大獅子上給別人拍照；她不反對梳亞米加式的髮型，但是她討厭十七歲的男孩子。不止一次，她在我面前透露這個意思。她說她討厭那些嘴嚼香口膠的男孩子。她說她討厭穿牛仔褲的男孩子。她說她討厭那些戴銀鐲的男孩子。她說她討厭走路似跳舞的男孩子。她說她討厭永遠不打領帶的男孩子。她的興趣就是這樣的早熟。她的父母一直以為她很純潔，可是絕對沒有想到她早已在閱讀《查泰萊夫人的情人》與金賽博士的報告了。現在，她的父母已外出。閒著無聊，她拎著一瓶威士忌走進我的臥房。我說「拎著威士忌」，實在一點也不虛假。起先，我完全沒有注意到，後來，司馬莉將一杯酒遞給我時，我才真正地覺醒了。我不會拒絕她的邀請；但無意在一個十七歲的女孩子面前喝得酩酊大醉。思想開始捉迷藏，一對清明無邪的眼睛有如兩盞大燈籠。於是，我們作了一次毫無拘束的談話。她對莎岡推崇備至；說她是一個了不起的天才。但我的看法不同，我認為莎岡的小說患了嚴重的「差不多」病，讀一本，就沒有必要再讀第二本。她聳聳肩，立刻轉換話題。她說納布阿考夫的《羅麗妲》是一本傑作。關於這一點，我完全同意。不過，她的稱讚《羅麗妲》完全基於對書中人物的同情；對於納布阿考夫的創作藝術，似乎並無深刻的瞭解。我知道我的要求極不合理。一個十七歲的女孩子能夠欣賞《羅麗妲》已屬難得，怎麼可以期望她去瞭解納布阿考夫的小說藝術。然後，一朵淺淺的笑容出現了——一朵無法隱瞞青春祕密的笑容。

一杯。兩杯。三杯。

笑容加上酒液等於一朵正在茁長中的花。問題與答案是一對孿生子，但是感情並不融洽。感情是一種奇異的東西，三十個鐵絲網架也無法將它圈在中間。年輕而又早熟的女孩子往往是大膽的。

對過去與未來皆無牽掛，這個十七歲的女孩子祇知道現在。她當然不會是賽特[13]的信徒；但是喝了幾杯酒之後，她的眼睛裏有可怕的光芒射出。「她是一個賽特主義者？抑或有了與生俱來虐待異性而引以為樂事的變態心理？」我有點怕。她的膚色白似牛奶。她在我心理上完全沒有準備的時候解開衣鈕。（她醉了？我想。）我越是害怕；她的笑容越嫵媚。我不相信她是羅麗妲型的女孩子；也不希望她會變成羅麗妲。但是，她竟婀婀娜娜地走去門上房門，然後像蛇一般躺在我的床上。我開口了，聲音抖得像困獸的哀鳴：

——不要這樣。

她笑了，笑聲格格。她說：

——怕甚麼？

——我們都已喝了酒。

——酒不是毒藥。

——是的，酒不是毒藥；不過，對一個十七歲的女孩子，酒比毒藥更可怕。

——你將我當作小孩子？

——沒有這個意思。

——你的意思是甚麼？

——我的意思是：毒藥可以結束一個人的性命；人死了，一切皆完結；酒不同，酒不會立刻結束人的性命；卻會亂性，可以教一個十七歲的女孩子做些可怕的事出來。這些可怕事將使她遺憾終生。

聽了我的話，司馬莉霍然站起，穿上衣服，板著臉孔離去。（這應該算是最好的結果了，我想。）但是我並不感到愉快。我已刺傷她的感情。

酒瓶未空。

（亞熱帶的女孩比較熱情；然而她真有這樣的意思？她完全不考慮自己的將來，她讀多了四毫小說？她失戀了？想從我這裏獲得補償？不，不，她還年輕。她會把愛情當作一種遊戲。）

舉起酒杯，一口喝盡。

（我不再年輕了，我不能將愛情當作一種遊戲。我當然需要愛情的滋潤，但是絕對不能利用她的無知。我必須忘掉她。我必須忘掉剛才的事。）

再一次拿起酒瓶時，我竟有了自制。我還有兩段武俠小說要寫，喝醉了，勢必斷稿。報館當局並不希望作者因酒醉而斷稿。

客廳裏的電話鈴，猶如被踩痛尾巴的野貓，突然叫了起來，那個名叫阿杏的工人走來喚我。

單憑聲音，我就斷定是張麗麗。她問我有沒有考慮過捉黃腳雞的提議。我拒絕了。沒有等我

---

13 set或seth，埃及神祇，代表邪惡、災難。

將話語完全說出，她就遽爾擱斷電話。這是十分不禮貌的做法，然而我對張麗麗永遠不會生氣。

司馬莉已經出街。家裏靜得很，正是寫稿的好時光。我必須保持頭腦的清醒，免得因貪酒而再次斷稿。茶几上放著兩份報紙，都是我向報販訂的。我的包租人素無讀報的習慣，偶爾走來向我借報，大多是查閱娛樂廣告。不過，我自己也不是一個細心的讀報者，雖然訂了兩份，對聯合國在討論些甚麼，一直不清楚。我之所以訂閱這兩份報紙，完全因為這兩家報紙刊登我的武俠小說。有時，報紙送來了，下意識地翻一翻，根本不想知道瑪莉蓮•夢露為甚麼死；或者古巴的局勢到底嚴重不。有時，報紙送來了，翻也不翻，剪下自己的兩段武俠小說，就擲掉了。這些武俠小說原無保存價值，然而它是商品，倘被出版商看中，印成單行本，或多或少還可以拿到一些版權費。香港雖然多的是盜印商；文章在報上刊出，祇要他們認為尚具生意眼，隨便偷印，彷彿已經不是一件犯法的事了。不過，稍具良知的出版商還是有的，即使版權費少得可憐，對作者而言，總比被別人盜印好。我之所以將這些武俠小說剪下保存，沒有別的用意，祇想再換一些錢。我不是一個金錢至上主義者，然而我是窮過的。窮的滋味不好嘗。睡在樓梯底必遭他人干涉；沒有一毫子就買不到一塊臭豆腐。

我的心緒相當紛紜，為了避免睡樓梯底，祇好將一些新生的問題暫時置諸腦後，坐下，寫通天道人怎樣飛簷走壁；怎樣到寒山寺去殺死淫賊；怎樣遇到了醉丐而被掌心雷擊傷。……

寫好兩段續稿已是下午兩點。穿上衣服，準備出街去送稿，順便吃點東西。

麥荷門來了。麥荷門臉色不大好看。

——有甚麼事？我問。

——老鄧說你斷稿次數太多，觸怒了社長。昨天排字房一直在等你的稿子，等到天黑，排副刊稿的工人不耐煩了，走到領班面前發牢騷；領班走到總編輯面前發牢騷；總編輯走去社長面前發牢騷；說你常常斷稿，不但攪亂了排字房的工作程序，同時使編輯部的工作也無法按照預定計劃進行。社長聽了總編輯的話，非常生氣，立刻將老鄧叫去，問他手上有沒有現成的武俠小說。老鄧說是望月樓主和臥佛居士各有一部早已送來，放在抽屜裏已有相當時日。社長問他哪一部比較好，他說望月樓主的東西動作多一些。社長不假思索，就下令刊登望月樓主的東西。社長對小說一無認識，對於他，小說與電影並無分別，動作多，就是好小說，至於氣氛、結構、懸疑、人物刻畫等等都不重要。

事情獲得這樣的結果，雖然有點突兀，倒也有其必然的理由。我不應該再喝酒了，祇是我的心很亂。我斟了兩杯，一杯遞給荷門。荷門搖搖頭，說是白天不喝酒。於是我將兩杯酒一起喝盡。

08

金色的星星。藍色的星星。紫色的星星。黃色的星星。成千成萬的星星。萬花筒裏的變化。希望給十指勒斃。誰輕輕掩上記憶之門？ＨＤ的意象最難捕捉。抽象畫家愛上了善舞的顏色。潘金蓮最喜歡斜雨叩窗。一條線。十條線。一百條線。一千條線。一萬條線。瘋狂的汗珠正在懷念遙遠的白雪。米羅將雙重幻覺畫在你的心上。岳飛背上的四個字。「王洽能以醉筆作潑墨，遂為古今逸品之祖。」一切都是蒼白的。香港一九六二年。福克納在第一回合就擊倒了辛克萊‧劉易士。解剖刀下的自傲。壕油牛肉與野獸主義。嫦娥在月中嘲笑原子彈。思想形態與意象活動。星星。金色的星星。藍色的星星。紫色的星星。黃色的星星。思想再一次「淡入」。魔鬼笑得十分歇斯底里。年輕人千萬不要忘記過去的教訓。蘇武並未娶猩猩為妻。王昭君也沒有吞藥而死。想像在痙攣。有一盞昏黃不明的燈出現在我的腦海裏。

——他醒了？有人這樣問。

——是的，他醒了。有人這樣答。

睜開眼，呈露在眼前的是一些失去焦點的現實。我被包圍於白色中。兩個人，皆穿白衣。一高一矮，一男一女，站在床邊。我無意在朦朧中捕捉變形的物體。衹是不能完全沒有好奇。也許是粗心的希冀忘記關上房門，喜悅像小偷般潛出。緊張的情緒坐在心房裏，不敢尋覓可觸可摸之現實。

——你覺得怎樣？穿著白衣的男人問。

（我不知道，我想。這是誰？我根本不認識他，他為甚麼走來問我？一定是司馬太太不小心，又將不相識的人放進來。……奇怪，窗外有刺眼的陽光；我為甚麼還睡在床上？是不是喝醉了？——昨天晚上，我在甚麼地方？喝酒？好像沒有喝過。既然沒有喝過，怎麼會感到頭痛的？衹有醉後初醒才會有針刺的頭痛。我沒有喝過酒，怎麼會痛成這個樣子？）

——你覺得怎樣？穿著白衣的男人重複一句。

我用手指擦亮眼睛，終於看清兩個穿著白衣的人。男的架著一副黑框眼鏡，身材修長，相當瘦，顴骨奇高，看起來，有點像亞瑟·米勒。女的有一張月餅形的圓臉，很胖，很胖，看起來，有點像啤酒桶。

——你是誰？我問。

胖婦人笑的極不自然，說：

——我姓沈，這裏的姑娘。這位是鍾醫生。

（原來又是醫院，我想。原來我又躺在病房裏了。為甚麼？為甚麼？為甚麼？難道我病了？我患的是甚麼病？說不定又喝醉酒了；但是醉漢沒有必要住醫院。昨天晚上，我究意做了甚麼事情？奇怪，怎麼一點也想不起來了？也許我真的有病……清醒時，像在做夢；做夢時，一切又極真實。我可能當真有病了。酒不是好東西，必須戒絕。如果不是因為喝酒，我怎會連自己做過的事情也不記得？我究竟做了些甚麼？我為甚麼要住醫院？）

——我為甚麼要住醫院？我問。

——因為你的頭部被人擊破了，醫生答。

——誰？誰擊破我的頭？

——這不是我們要知道的事。

——你們怎麼可以不知道？

——不要激動，你的傷勢不輕，需要休息。

——誰？究竟誰擊破我的頭？為甚麼？

——昨天晚上，救傷車將你抬到這裏時，你已陷於昏迷狀態，我們立刻替你縫了十二針，當時的情形相當凶險，現在已脫離危險時期。你的體力還算不錯；但是仍須靜心休養。千萬不要胡思亂想。

他走了。

（走路的姿勢像鴿子，我想。）

護士也走了。

（走路的姿勢像在跳倫擺，我想。）

我依舊躺在病床上。

思想凌亂，猶如用剪刀剪出來的紙屑。這紙屑臨空一擲，一變而為緩緩下降的思想雪。

（誰有能力使時間倒流，使過去代替未來？菩提樹下的微笑嚇退屠刀；十字架上的愁眉招來了滾滾響雷。無從臆測。又必須將一個「？」解剖。有人騎白馬來自遠方，滿額汗珠，祇求一滴之飲。這世界等於如來佛的手掌，連孫悟空的觔斗也翻不出無根肉紅柱；於是加謬寫上了《誤會》。我們並不知道我們為甚麼要生；但是我們知道我們是一定要死的。海明威擦槍而死，也許正是上帝的安排；加謬要反叛，卻死於汽車失事。海明威似已大徹大悟，悄悄地從這面形無門的世界溜走了。紐約的出版商不肯放鬆發財的機會，誰知道山蒂埃戈在夢中仍見到獅子不？）

思想極凌亂，猶如勁風中的驟雨，紛紛落在大海裏，消失後又來，來了又消失。

（窗外有一隻煙囪，冒著黑色的煙，將我的視線也染成黑色。文學作品變成腎虧特效藥，今後必須附加說明書。喬也斯的一生是痛苦的。他是半盲者，然而比誰都看得清楚。他沒有為《優力西斯》的被禁而嘆息；也沒有為《優力西斯》的被盜印而流淚。他也沒為《優力西斯》的遭受抨擊而灰心。他創造了新的風格、新的技巧、新的手法、新的字彙；但是他沒有附加說明書。他的主要作品祇有兩部：《優力西斯》與《費尼根的覺醒》；然而研究他的創作藝術的著作，至少有千種以上。喬也斯手裏有一把啟開現代小說之門的鑰匙，浮琴尼亞・吳爾芙跟著他走了進去，海明威跟著他走了進去，福克納跟著他走了進去，帕索斯跟著他走了進去。湯瑪士・吳爾夫跟著他走了進去。詹姆士。費雷爾也跟著他走了進去。……但是他的《優力西斯》與《費尼根的覺醒》皆不附加說明書。香港沒有文學；不過，大家未必願意將文學當作腎虧特效藥。）

我的呼吸極均勻，我的思路卻是錯綜複雜的。牆角有隻蒼蠅，猶如吹笛人，引導我的思想飛出窗口。

（魔鬼騎著腳踏車在感情的圖案上兜圈子。感情放在蒸籠裏，水氣與籠外的訪客相值，訪客的名字叫做：「寂寞」。10×7。小梗房充滿滴露的氣息。利舞台。得寶可樂[14]。淺水灣之沙。皇上皇[15]。渡輪反對建橋。百樂酒店飲下午茶。快活谷[16]出現人龍輪購馬牌。南華對巴士。今日出入口船隻。旺角的人潮。海邊有不少霓虹燈廣告。鹽焗雞與禾花雀與大閘蟹。美麗華酒店的孫悟空舞蹈。大會堂的抽象畫展覽會。……）

思想是無軌電車。

（我被誰打傷了？為甚麼？昨天晚上，我究竟做了些甚麼？我有沒有喝過酒？如果有的話，有沒有醉？我的記憶力一向不弱，怎會想不起自己做過的事情？是的，我記起來了。跟麥荷門在「敘香園」吃飯，他喝了一瓶啤酒；我喝了兩瓶。兩瓶啤酒是醉不倒我的。後來，後來……我跟張麗麗在香港餐廳喝茶。她把計劃告訴我；而且還送了我三百塊錢。對於我，三百塊錢不能算是一個小數目，等於一個月的稿費。於是我打電話給彭明，彭明是個攝影記者。我向他借一架照相機。乘的士回家。見到板著面孔的司馬莉，連喝幾杯酒。之後怎麼樣，完全不清楚。）

思想等於無定向風。

（風起時，維多利亞海峽裏的海水，猶如老嫗額角之皺紋。我的希望尚未被勁風吹走：因為我有石頭一般的固執。我看到A字的跳躍，起先是一個，後來則無法計算。麥荷門具有普魯斯特的野心；但是他永遠無法變成普魯斯特，理由是他祇有野心。有些名家比麥荷門更不如，他們連野心都沒有。野心是一種奇異的東西，它毀滅了希特勒之類的魔鬼；也使半盲的喬也斯與臥病十年的普魯斯特寫成了《優力西斯》與《追憶逝水年華》。普魯斯特是個哮喘病患者。普魯斯特是個心臟病患者。我不明白他怎樣在一間密不通風的臥室裏躺了十年的。在這十年中，他完成了一部永垂不朽的著作。有人說：他患有嚴重的神經過敏病；但是直到臨死前夕，對於辛勞的文學工作，依舊不感厭倦。這是甚麼力量？難道祇是單純的野心？……卡夫卡認為人類企圖了解上帝的規則是得不到結果的。那末，人是上帝的玩物嗎？上帝用希望與野心來玩弄人類？於是想起加謬。

14 香港早期的可樂品牌。
15 香港早期的餐廳。
16 香港跑馬地馬場。

為了追憶卡夫卡，他寫了《異客》。他對於有關人類行動的一切，皆表樂觀；但是對於有關人性的一切，皆表悲觀。……然則人生的「最後目的」究竟是甚麼？答案可能是：人生根本沒有目的。造物主創造了一個謊言，野心、欲求、希冀、快樂、性慾……皆是製造這個謊言的原料，缺少一樣，人就容易獲得真正的覺醒。人是不能醒的，因為造物主不允許有這種現象。大家都說「浮生若夢」；其實是夢境太似浮生……不能再想了，想下去一定會變成瘋子……晚餐能夠有一條清蒸石斑，必吃兩碗白飯。）

思想猶如剛撳熄的風扇，仍在轉動。思想與風扇究竟不同。它不會停頓。

（這病房祇有我一個病人，一定是頭等病房。我是一個窮人，哪會有資格住頭等病房？誰將我送來的？）

想到這裏，篤篤篤，有人敲門。

——進來！我說。

白色的門推開了，立刻嗅到一陣刺鼻的香味。張麗麗笑瞇瞇地走進來，手裏拿著半打康乃馨，穿著一襲墨藍的旗袍，襯以白皙的皮膚，美得很。（像她這樣的體態，即使不穿漂亮的旗袍，一樣也漂亮。）當她婷婷裊裊地走到床邊，那一排貝殼似的牙齒在反射自鏡面的陽光中熠耀。

——沒有事了吧？她問。

——大概沒有事了，我答。醫生說要靜心休養。

——好的，就在這裏多住幾天。關於醫院的費用，你不必擔心，全部由我負擔。

——醫生說我縫了十二針。

——想不到那個老色鬼居然會帶兩個打手來的。

——你早就應該想到這一點了。

——我祇當他是個糊塗蟲。

但是，我不明白的是：我的受傷究竟有何代價？麗麗倒也老實，將經過情形一五一十告訴我，說紗廠老闆到現在還沒有知道我是她僱用的。正因為是如此，麗麗當然樂於代付我的醫藥費用。這一次的失敗，麗麗並無損失，受傷的是我，躺在病床上呻吟的是我，將來萬一因斷稿而失去那最後的地盤，挨餓受苦的也是我。

我是一個傻瓜，做了一件傻事。

當微笑自嘴角消失時，她點上一支菸。她有很美的吸菸姿勢，值得畫家捕捉。我不是畫家，我祇會欣賞。感情就是這樣一種沒有用的東西，猶如冰塊，遇熱就融。麗麗是那麼的可鄙；但是我仍極欣賞她的吸菸姿勢。（感情比人體構造更複雜，我想。）當她將染有唇膏的菸蒂放在我的嘴上時，我祇有一個渴望：

——找一點酒來。

——不行，這是違反醫院規矩的。

臉上出現嫵媚的笑容，一若牡丹盛開。她站起身，走了。留下既非「不」又非「是」的答覆，把我的複雜的感情攪得更複雜。（在麗麗的心目中，我是一個酒鬼，一個急色兒，一個失業漢，一個會讀書會寫字的可憐蟲。依照她的想法，我是應該挨打的。像我這樣一個窮光蛋不被人毆打，總不能教紗廠老闆之流到醫院裏來縫十二針……）

菸蒂變成灰燼時，閒得發慌。

上午十一時，閒得發慌。

中午十二點，護士走來探熱，依舊閒得發慌。

中午十二點半，醫院的工人走來問我想吃甚麼東西，我要酒，結果拿來了一碟蔬菜湯，一碟火腿蛋，一杯咖啡和兩粒藥丸。

下午兩點，依舊沒有酒，依舊閒得發慌。

下午四點，護士走來探熱。思想真空。情緒麻痺。

下午五點一刻，有販報童走來兜售報紙。買一份晚報，嚇了一跳。標題是：「古巴局勢緊張，核子大戰一觸即發。」

09

戰爭。戰爭。戰爭。

六歲時，住在上海閘北西寶興路，靠近北火車站。當世界大戲院上演西席地米爾導演的默片《十誡》時，戰爭來了，母親正在洗衣，我就溜出去看打仗。戰爭使小孩子感到新奇，但是弄堂口的鐵門已上鎖。大家爬在鐵門上，看槍彈在熟悉的街道上飛來飛去。對街南貨店二樓的玻璃窗給槍彈擊碎了，大家鼓掌歡呼。對街理髮店的轉柱給槍彈擊碎了，大家鼓掌歡呼。石子鋪的街道上，有穿草綠色軍服的士兵，手持長槍，疾步而過。一會，石子鋪的街道上，有穿著虎黃色軍服的士兵，手持長槍，疾步而過。大家睜大眼睛望著他們，不知道他們為甚麼要打仗。我們根本不知道誰打誰，祇知道他們的制服顏色雖不同，卻全是中國人。對於我們，這是新鮮的事情，平日熱鬧的街道，忽然變得很荒涼了。偶爾有士兵疾步而過，使空氣顯得更緊張。我喜歡這緊張的空氣，但是看弄堂的老頭子卻抖著聲音走來趕我們。他不許我們爬在鐵門上，說是中了流彈會立即死亡。我們知道死亡是可怕的，但是我們誰也不肯錯失這難得的機會。當時我的感覺也確是如此，世界大戲院的《十誡》根本不能與街頭的戰爭相比。所以，我也不肯錯失這個機會。我欣賞這熟悉的街頭突趨陌生。我欣賞所有的店鋪都打了烊。我欣賞所有的老百姓都躲在家裏。我欣賞這條街的特殊氣氛。在我們的心目中，打仗雖緊張，卻十分有趣。然後，一幕殘忍的活劇忽然在我們眼前扮演了：一個穿虎黃制服的大兵將道外一個穿草綠軍服的大兵拖進對街小巷。那穿草綠軍服的大兵年紀很輕，約莫十五六歲，身材矮小；而且腿部受了傷，臉色蒼白似紙，張大嘴巴，拚命吶喊。他的喊聲並不弱，然而誰也不去解救他。當他被拖入小巷時，他的嗓子已經啞了。那個穿虎黃色制服的大兵，身材魁梧，猶如瘋子一般，將他的敵人踢倒在地，雙手擎起亮晃晃的大刀，竟將那小傷兵的頭顱砍了下來。……這一幕，使所有爬在鐵門上看打仗的人全部嚇壞了。毋需管弄堂的老頭子干涉，大家就自動奔回家去。正在洗衣的母親見我神色慌張，問我見到了甚麼。我想答話，可是怎樣也說不出聲音。母親站起身，用圍裙抹乾濕手，往我額角上一按，說我發燒了，吃了一驚，馬上抱我上床。睡著後，我夢見成千成萬的血淋淋的頭顱，在大地上滾來滾去。當我從夢中驚醒時，聽到外邊仍有劈劈啪啪的聲響。母親坐在床邊，露著並不代表喜悅的笑。她問我想不想吃粥，我搖搖頭。我問她外邊是不是還在打仗。她搖搖頭，說是戰事已經移到別處去了。我問她為甚麼外邊仍有槍聲，她說這不是槍聲，這是爆竹聲。我不明白為甚麼要放爆竹，母親說：兩方打仗，必有勝敗，誰勝了，免不了要放些爆竹慶祝一下。我認為這不是一件值得慶祝的事——因為我第一次看到了戰爭的殘酷。

戰爭。戰爭。戰爭。

「一二八」事變爆發。我不能到「南市」去上學，祇好在靜安寺路小沙渡路口的一家女子中學借讀。「學生自治會」組織慰勞隊，我也參加。我們募捐了不少錢，買了幾十套灰布棉軍服，乘坐兩輛大卡車，到「羅店」「大場」去慰勞第五軍與第十九路軍的戰士們。我是一個大孩子了，當然知道戰爭的恐怖。但是為了給戰士們添溫暖，竟跟著其餘幾個同學，在竹林中匍匐前進，祇有勇氣，並不意識到在火線上行走隨時都有喪生的危險。我們原無必要這樣做，終於這樣做了。我們年輕，除了自己，對誰都不信任。我們願意看到戰士們穿上我們募捐來的棉軍服而面露笑容。因此，我們不怕槍林彈雨。正當我們在竹林裏匍匐前進時，一枚敵人的炮彈就在竹篁中爆炸了。我吃一驚；感受突呈麻痺。我下意識地以為自己已受傷，從迷漾度到清醒時，有人在我耳畔驚叫。抬起頭來往前邊一看：我們的級長，亦即是自治會的主席，仰臥著，滿面鮮血，而且正在涔涔流出，看起來，像極了舞台上的關雲長。他的額角已被彈片切去一大塊，連腦漿都流了出來。兩隻眼睛睜得很大很大，眼珠子一動也不動。我從未見過這樣恐怖的面孔，心裏撲通撲通直跳。我實在看不下去了，站起身，正擬爬出竹林時，就聽見級長忽然用發抖的聲音說——請你們用大石頭打死我！

戰爭。戰爭。戰爭。

「八一三」事變爆發。中國空軍出動，轟炸黃浦江上的日本旗艦「出雲號」。敵軍顯然驚慌失措了，漫無目標地放射高射炮與機關鎗，流彈不斷落入租界。所有的大商店，都在門口堆沙袋或在玻璃櫥窗上釘木板。從「南市」逃出來的難民，像潮水一般，湧向剛被闢為難民收容所的「大世界」。我乘坐公共汽車回家，經過「南京大戲院」門口，驀然聽到一聲尖銳的風哨子，接著是天崩地裂的巨大爆炸。司機本能地將公共汽車煞住，大家探頭車窗外，往後一看，才看到整個五角地帶變成一個廣大的屍體場了。許許多多血肉模糊的屍體堆在一起。那些受傷而被壓在屍體下面的人，仍在呻吟，仍在揮動手腳。有一個三四歲的小孩子，投在死去的母親的懷抱中，哭得連嗓音都啞了。但是，最使我吃驚的是：一個被炸去了頭顱的大漢，居然還在馬路上奔跑。

戰爭。戰爭。戰爭。

日本偷擊珍珠港。我在那家中學教歷史，上午第一堂，高二班，唐代的宦官之禍與朋黨之爭。天氣相當寒冷，玻璃窗外忽然傳來刺耳的隆隆聲，忙不迭走去窗邊觀看，幾十輛日本坦克竟在廣闊的南京路上隆隆而過。對街「冠生園」門前有個八九歲的男孩，想越過馬路，疾步奔跑，恰巧有一輛坦克駛來，一聲慘叫，那男孩被坦克碾過，身子壓得扁扁的，猶如一張血紙般粘在平坦的柏油路上。沒有人敢提出抗議；沒有人離開行人道，大家祇是呆呆地望著那些坦克車，臉上全無表情。

戰爭。戰爭。戰爭。

有血氣的年輕人都到大後方[17]去參加抗戰。從寧波乘坐人力車，翻山越嶺，通過封鎖線，抵達寧海。在寧海住半個月，乘坐竹轎前往臨海；然後從臨海搭乘機帆船飄海，抵達溫州。因為是非常時期，現代的交通工具已不容易找到，於是有血氣的年輕人搭乘烏篷船前往麗水。在麗水住了三天，找不到木炭汽車，祇好乘坐人力車。從麗水到龍泉約有六十華里，車伕的泥腿子搬動了一整天，終於將我載到龍泉——一座被敵機炸得失去了形的小城。我寄宿在一家小客棧裏，等候前往贛州的便車。這家客棧的一堵牆壁已被敵機炸塌，晚上睡在麻製的蚊帳裏，風勁時，等於睡在露天。一天早晨，樓下板房門口貼著一張紅條，問帳房先生，才知道有個十一歲的男孩子正在出天花。聽了這句話，嚇了一大跳，連忙走去紅十字會種痘。種好痘出來，警報聲起，大家慌慌張張地亂奔。迎面走來一個矮矮胖胖的女護士，我問她：防空洞在甚麼地方？她說，龍泉沒有防空洞。我問：敵機就要來了，到甚麼地方去躲避？她的回答祇有兩個字：山腳！聽了這兩個字，立刻向山腳疾步奔去。奔到山腳，敵機已經在頭上盤旋。聽不到高射炮的射擊聲，卻傳來了炸彈頻頻爆炸的聲音。龍泉燃起仇恨之火，敵機不斷用機關鎗掃射平民。我躲在兩塊大石中間，頭上並無遮蓋，不能算是安全的所在；但在危急中，再也找不到更好的地方了。幸而敵機不久就離去，

17 大後方交戰雙方戰線的後方，指基地。以抗戰時期而言，四川即是為大後方。

警報解除。我直起身子，沿著田埂走回客棧。經過紅十字會，發現醫生紅著眼圈，從菜畦將那位矮矮胖胖的女護士抱回來。我問他：受傷？他搖搖頭，用嘆息似的聲音答：死了！——是的，這位幾分鐘前還跟我交談過的女護士竟被敵機炸死了！

戰爭。戰爭。戰爭。

陪都[18]。一個沒有霧的中午。我與我的親戚剛坐上餐桌，警報大鳴。大家照例安詳地爬上那個小山坡，走出鐵工廠，沿著「漢渝公路」走進防空洞。洞不大，兩旁早已擺好條凳。由於逃警報的人不多，倒也並無窒息之感。坐在條凳上，可以望見蜿蜒向西的嘉陵江；也可以望見對岸的泥黃小山和工廠。說起來，風景倒是不錯的，祇因「五三」「五四」的印象還深，誰也沒有欣賞風景的興致了。事實上，逃警報對於戰時的重慶人，早已變成一種習慣，也不一定會有太多的驚惶。我的親戚是個十分鎮定的中年人，逢事絕對不亂，每一次逃警報，必抓一把西瓜子，安詳地坐在長凳上，嗑呀嗑的，不欣賞風景，也不跟任何人攀談。鐵工廠是他開設的，職員與工人都知道他的個性，一進防空洞，都不開腔了。唯其如此，洞內的氣氛總比別處緊張。通常，有警報未必一定會遭敵機轟炸。就經驗來說，倒是過境的次數比較多。不過，這一天，重慶又變成敵機的目標了，儘管高射炮剝剝剝地響個不休，炸彈還是接一連二掉下來。對岸是工廠區，落了好幾枚炸彈，迅即燃燒起來。這應該是一件值得驚惶的事；然而坐在防空洞裏的人卻用好奇的眼光去欣賞對岸的火燒。大家依舊互不攀談；不過所有的目光全部集中在對岸——祇有我的親戚依舊在嗑瓜子，依舊低著頭，依舊將視線落在防空洞的泥地上。一會，警報解除，我的親戚首先站起，大家鬆了一口氣，跟在他背後走出防空洞。我的親戚照例走在前頭，因為他是鐵工廠的老闆。當我們在「漢渝」公路上行走時，有人發現鐵工廠門口有一枚未爆炸的炸彈。我們站定了，不敢繼續向前挪步。但是我的親戚卻若無其事地將腳步搬得很快。我忍不住大聲喚他站定，他好像完全沒有聽到我的聲音。他的妻子也焦急起來了，拚命吶喊，可是一點用處也沒有。他的妻子怕出事，疾步奔上前去，一把將他拉住，用雞啼一般的聲音責備他，說是炸彈隨時會爆炸的，不能走近去。但是老闆的意思恰巧跟她相反，說是唯其炸彈有隨時爆炸的可能，所以一定要將它搬去田野，否則，整個工廠化為灰燼時，他就沒有勇氣繼續活下去了。他的妻子正欲爭辯，他像一匹脫韁的馬，疾步向那枚炸彈奔去。他的動機是很明顯的：想將那枚炸彈搬走。女人不肯讓他冒險，瘋狂追趕。就在老闆用雙手抱走那枚炸彈時，「轟」的一聲，爆炸了。事後，我們沒有找到這一對夫婦的屍體。我們找到的祇是一隻燒焦了的男式黃皮鞋和一隻金戒指。

18 於首都以外另設的城都，抗戰時期意指重慶。

IO
(A)

搖搖頭，想搖去那些可怕的往事。耳際聽到一種噪音，混亂得很；又彷彿是經過安排的。肚子裏忽然燃起烈火，煩透了，睜開眼，窗框圍著一塊無涯無涘的黑。有人敲門，進來的是穿著白衫的男工，扭亮電燈後，問我晚餐想吃些甚麼。我說我想喝酒，他露了一個尷尬的笑容。結果，祇好要了一客西餐。飯後，醫生笑瞇瞇走來巡房，伸手為我把脈。（我不喜歡這樣的笑容，這是魔鬼戴的假面具。）

——能睡嗎？他問。

——給我喝些酒？

——不，絕對不能。

說著，又露了一個不太真實的笑容，走了。病房裏冷清清的，賸下我一個人。（我必須克服自己的慾望與恐懼，我想。）游目四矚，發現這間病房的布置有點像酒店：現代化的壁燈，現代化的沙發，剛剛粉飾過，整潔得很。（有錢人，連生病也是一種享受。張麗麗的選擇是相當明智的。

為了錢，她願意將靈魂出賣給魔鬼。但是，人是感情的動物，她用甚麼方法將自己的感情凍結起來？她究竟有沒有感情？她知道不知道我常在夢中見到她？）

有人推門而入，是護士，問我是不是想睡。我點點頭，她斟一杯清水，監視我將那粒紅色的安眠藥吞下。

——要熄燈嗎？

——謝謝你。

——安心睡覺，別胡思亂想。

我受到黑暗的包圍。

10
(B)

張麗麗的眼睛。罪惡的種子：張麗麗是香港人。香港是罪惡的集中營。我愛張麗麗。我憎恨罪惡。

對酒的渴望，猶如黑暗之需要燈籠。魚離開海水，才懂得怎樣舞蹈。第一個將女人喻作月亮的，是傻瓜；第二個將女人喻作月亮的，是大傻瓜。

誰將「現在」與「這裏」鎖在抽屜裏？

一個不讀書的人，偏說世間沒有書。頑固的腐朽者，企圖以無知逼使時光倒流。古代的聽覺。

煙囪裏噴出死亡的語言。那是有毒的。風在窗外對白。月光給劍蘭以慈善家的慷慨。

有憂鬱在玻璃缸裏游來游去，朦朧中突然出現落花與流水。當我看到一片奇異的顏色時，才知道那不過是心憂。我產生了十五分之一的希望，祇是未曾覺察到僧袍的淚痕。

模糊。模糊中的鞭聲呼呼。

人以為自己最聰明，但銀河裏的動物早已準備地球之旅。這是時代。你不去；他就來了。銀河裏的動物有兩個腦袋。

我們的腦子裏卻裝滿了無聊的 brawlywood[19]：伊莉莎白泰勒的玩弄男人與瑪莉蓮夢露的被男人玩弄。

我以旅遊者的腳步走進一九九二年

大戰自動結束整個地球已燒焦祇是海洋裏的水還沒有乾涸

風也染了輻射塵

懶洋洋地將焦土的青煙吹來吹去

找不到蟑螂找不到蝌蚪找不到蚊子找不到臭蟲找不到蚯蚓找不到蚌殼找不到蜥蜴找不到蜻蜓找不到蝙蝠找不到蒼鷹找不到鴿子找不到烏鴉找不到鯉魚找不到鮫鯊……找不到一個人

站在一座燒焦的小山頭時聲音不知來自何處

他說他有兩個腦袋

他說他來自銀河中的一個星球

他說他沒有身形

19 Braw與Hollywood的合寫，意即亂哄哄的好萊塢。

他說他祇有靈魂
他說他已占領地球
我反對他這樣做理由是地球是地球人的地球不容其他星球的動物侵略
他笑了
他說我根本不是一個人
我大吃一驚望望自己沒有腳沒有腿沒有身腰沒有胸部沒有手
原來我根本不存在
我之所以能夠見到他因為我的靈魂還沒有散
他說他已占領地球雖然他自己也祇有靈魂
我無法跟他搏鬥因為他有兩個腦袋而我祇有一個我變成他的奴隸從此得不到自由

II

坐在那家餐廳裏，面對空杯，思想像一根線，打了個死結。情緒的真空，另外一個自己忽然離開我的軀殼。一杯。兩杯。三杯。張麗麗的目光像膠水一般，鋪在我臉上。我看到一條金魚以及牠的五個兒子。

——再來一杯？我說。

——剛剛出院不應該喝得太多。

——再來一杯？

——好的，祇是這麼一杯，喝完就走。

侍者端酒來，喜悅變成點上火的炮仗。她塞了兩百塊錢給我，想購買廉價的狂熱。她不像是個有感情的女人。她的感情早已凝結成冰塊；每年結一次，等待遠方來的微笑，遽爾溶化。（她不會愛我的，我想。她永遠不會愛我的。她是一塊會呼吸的石頭。）我的憤怒化成浪潮，性格突趨暴躁一如夏日之驟雨。我還不至於求乞，勇敢地將兩百塊錢還給她。

她的笑容依舊很媚，安詳的態度令人憶起舞蹈者的足尖。她為我買單。臨走時，她說：

——有困難時，打個電話來。眼中的火焰灼傷坐在心房裏的鎮定，又向侍者要一杯酒，祇想忘掉那8字形的體態。

我的故事走進一個荒唐的境界，廉價的香水正在招誘我的大膽，黑暗似液體，聽覺難拒噪音的侵略，那張嘴並不像櫻桃，卻是熟悉的。手指犯了罪，正因為她那淫蕩的一瞥。忽然驚醒了蠕蠕而動的心意。舉杯欲飲時，理性已冷卻。

她在笑。

笑容比哭更醜；而凝視則如懸掛在空間的一個圓圈。鼓聲鼕鼕，圓圈並不旋轉。情感烤焦。膽小的獵手亟欲揚帆而去。掏出鈔票時，那婀娜的姿態遂消失於黑色暈圈中。

走出「愛情交易所」，海風如手指撫我臉頰。太多的霓虹燈，太多的顏色，太多的高樓大廈，太多的船隻，太多的笑聲與哭聲——合力擎起現代文明，使人突生逐月之欲。

於是出現一杯酒。

黝暗的燈光像蟬翼，給眼前的種種鋪上一層薄薄的藍色。我喜歡藍色。我一口氣喝了三杯。當侍者端第四杯酒來時，麥荷門的鼻子也變成藍色了。

——怎麼會知道我在這裏？我問。

——你自己打電話給我的。

——我的記憶力也醉了。

——你沒有醉，否則你不會記得我的電話號碼。

——我在醫院躺了幾天。

——甚麼病？

——給人打破了頭。

——為甚麼？

——不談也罷。

麥荷門的一聲嘆息等於千萬句安慰話語，使我有了釋然的感覺。他提到他的短篇小說，我臉紅了。我根本不再記得這件事。他又提出一個問題：新詩是否應該由作者在每一首詩的後邊詳加註釋？

——我很少寫詩；我願意多喝兩杯酒。

於是我見到一對詢問的眼。眼中有火，一直燒到我的心坎裏。

（新詩人嘗試給詩注射新的血液，是不應該加以阻止的，我想。至於詳加註釋的要求，更非必需。詩人在建造美的概念時，將自己的想像作為一種超乎情理與感受的工具。當然是未可厚非的。表現是一種創造，而詩的表現，不僅是一個概念或意境的代表，而且是一堆在內心中燃燒的火焰。因此，詩人憑藉想像的指引，走入非理性境界，不能算是迷失路途。）

想到這裏，那一對詢問的眼睛得更大。

——我不是一個詩人，我說。

麥荷門很失望。麥荷門對現階段的新詩也缺乏信心。（如果他對新詩認真感到興趣的話，在動手寫作之前，有許多文章是必須仔細讀幾遍的。譬如說：布魯東的《超現實主義宣言》。）

經過一陣靜默後，麥荷門忽然從夢境回到現實。

——你現在祇賸一個長篇小說的地盤了。

——是的。

——單靠一個長篇的收入，很難應付生活。

——這是沒有辦法的事。

——沒有別的計劃？

——計劃倒有，不知道行得通不？

——甚麼？

——我想寫一些孫悟空大鬧淺水灣，或者潘金蓮做包租婆之類的故事新編，投寄到別家報館去。聽別人說：這種東西最合香港讀者胃口。

——不一定，不一定。

麥荷門大搖其頭。他認為這樣做是自暴自棄。（我想：他還年輕。）我舉杯，將酒一口喝盡。這患了傷風的感受。這患了傷風的趣味。貓王的《夏威夷婚禮》散出一連串Z字形的音波。希望是燭臺，劃火點燃，照得怯虛的目光搖晃不已。有賣馬票的女孩想賺一毫子，感情與理智開始作一個回合的摔跤。麥荷門笑得很天真，那是因為我有了吝嗇的躊躇。然後我又向侍者要了一杯酒。現代社會的感情是那樣的敏感，又是那樣的錯綜。

不知道甚麼時候與麥荷門分手，也不知道甚麼時候站在自己的長鏡前。兩隻眼睛與鏡子裏的驚奇相撞，我見到了另外一個我。忽然想起笛卡兒的名句：我思故我在。（但是鏡子裏的我會不會「思」呢？思是屬於每一個個體的，如果他不能思，「他」就不存在，「他」若不存在，「他」就不是我——雖然我們的外形是完全一樣的。多麼古怪的想念，最近我的思想的確有點古怪。）我的感覺已遲鈍，偏又常用酒液來麻醉理性。醉了的理性無法領悟真實的世界，祇好用遲鈍的感官去摸索一個虛無飄渺的境界。於是有了重讀柏拉圖著作的渴望，走去書架，遍找不著。我的書架上沒有一本壞書，但是好書也不多。大部分好書都在酒癮發作時，秤斤賣給舊書攤。我的書架上沒有柏拉圖的作品。我的書架缺少書籍。（我的書架依舊是思想的樂園，我想。）尤其是醉後，我的思想在這樂園中散步。（祈克伽德住在「大觀園」右鄰，他曾經託人帶了一封信給林黛玉，說是人類的根，種植於他內在的精神中。不過，這個根，在他誕生之前就開始凋謝了。當他死了之後，他的根才種在泥土裏。所以，黛玉將花也葬在泥土裏了。這樣做，是不是想教自己的靈魂假借落花而生根？那是誰也不得知的事情。然後，俏皮的紅娘從線裝的《西廂記》走了出來，見到賈寶玉時，告訴他王實甫祇寫到碧雲天，黃葉地為止，以後都是關漢卿補的。賈寶玉笑了，說是如果曹雪芹不做半個夢，高鶚也無法讓他跟薛寶釵拜堂成親了。紅娘聽後，笑得直不起腰。賈寶玉也陪著縱聲大笑。笑聲驚醒了熟睡中的呂伯‧凡‧溫格爾，說是在喀茨基爾山麓中睡了一大覺，費時二十年，不但鬚髮皆白，連自己的女兒也不認得他了。他哭得很淒涼，老淚縱橫。兩下對照，與賈寶玉的哭聲形成強烈的對比。D‧H‧勞倫斯走來看熱鬧，當著紅娘的面，說他的《查泰萊夫人之情人》比《西廂記》透澈得多。賈寶玉不敢看，唯恐老頭子知道了，又是一頓打。勞倫斯歎口氣，走去找羅曼羅蘭聊天。羅曼羅蘭正在跟約翰‧克利斯朵夫下棋。勞倫斯吃了一驚，暗忖：原來克利斯朵夫是個真實的人物，既非羅曼羅蘭自己；也不是貝多芬。這倒是一個新鮮的發現，很想仔細端詳他一下，又怕打斷他們下棋的興趣。沒有辦法，祇好退了出來。在回家的途中，遇到笑笑生談起性愛描寫，兩位優秀的小說家，竟大聲爭吵起來。笑笑生說他的潘金蓮比查泰萊夫人寫得更出色；勞倫斯堅持說他的作品比《金瓶梅》還偉大……

篤篤篤，有人敲門。

司馬莉站在門口，濃妝艷服。

——出街？我問。

——剛回來。

——有甚麼事？

——想跟你商量一個問題。

關上門，拉開凳子讓她坐下。她的眼睛，是印象派畫家筆底下的傑作，用了太多危險的彩色。

——還生我的氣不？我問。

她搖搖頭。

我是已經有了幾分醉意的，不能用理性去捕捉真實了。當她的柔唇忽然變成一個大特寫時，我止不住內心的怔忡。一個可怕的意念產生了，但立刻從迷漫中驚醒。她說：

——他們出去打牌了，不會這麼早回來。

——不，不，你才十七歲！

司馬莉露了一個厭世老妓式的笑容，婀婀娜娜走到書桌邊，從桌面拿起我的那包「駱駝」菸，抽出一支，點上火。（我必須保持清醒，我想。）她臉上的笑容仍未消失，依舊是厭世老妓式。我有點怕。

煙圈噴自她的柔唇，塗在我的臉上。我跌入朦朧的境界，彷彿有隻無形的手在捕捉我的理性。利己主義者的慾望似火燃燒。年輕的感情等於木琢之玉，必須用纖細的手法，小心解剖。我無法分辨：她的眼睛看到了一個魔鬼？抑或她有一對蠱毒的眼睛？這不是愛情。十七歲的女孩子未必需要愛情。她需要遊戲；一種祇能在夢境中出現的遊戲。

（抵受不了蛇的引誘？吃了那隻毒蘋果？）

我變成會呼吸的石頭。

——怕甚麼？她問。

——你才十七歲！

她笑了，笑聲格格。

——你比那些男孩子更膽怯！

——我喜歡成熟的男人。

將長長的菸蒂扔出窗外，兩隻眼睛直直地盯著我。我霍然跳起，走去斟了一杯酒。

四周皆是「火」，我感到窒息。

忽然有人用鑰匙啟開大門。

忽然有皮鞋聲從客廳傳來。

忽然有人用手指輕叩我的房門：

——亞莉，快出來！你母親贏了錢，請你吃消夜！

司馬莉霍然站起，橐橐橐，走去將門拉開。司馬先生咧著嘴，笑瞇瞇地說：

——亞莉，你阿媽今晚手氣特別，贏了不少錢，我們一同到「麗宮」去吃消夜。

亞莉並不因此感到興奮，但也跟著走了。全層樓立刻靜了下來，正是寫稿的好時光。我祇牘下一個長篇小說的地盤了，不好好寫，可能連這最後的地盤也會丟掉。而我不是一個寫武俠小說的人，想在這上面用功夫，實在一點氣力也用不出來。縱然如此，我還是不能不寫。我知道這是一個值得惋惜的浪費，為了生活，不但非寫不可，而且還要儘量設法迎合一般讀者的趣味。

（我必須寫幾節奇奇怪怪的打鬥場面，我想。用音波殺人，有人寫過了；用氣功殺人，也有人寫過了。我必須「發明」一些新奇的花樣，藉以賺取一般讀者的廉價驚奇。有了，鐵算子被通天道人用筷子擊中太陽穴後，幸而遇到峨嵋怪猿，採了些仙草搾出的汁液，在山中靜養一個時期，終於復原了。但是冤氣難吞，急於肇山尋找通天道人報仇。峨嵋怪猿大搖其頭，認為此事絕對魯莽不得，說是通天道人本領高強，決非鐵算子單獨可以應付。鐵算子聽了，當即雙膝下跪，懇求怪猿指點，怪猿從腰間一掏，然後攤開手掌，要鐵算子走近去仔細觀看。鐵算子挪前兩步，定睛凝視原來是一粒小小的金丸，正感詫異，怪猿呵氣一吹，但見金丸嗖地飛上天空，旋轉幾圈，驀地掉落下來。怪猿連忙伸手一接，那金丸瞬即變成一條金棍，閃呀閃的，使鐵算子看得頭暈目眩。鐵算子鼓掌稱奇，怪猿面上立刻出現倨傲之情，扁扁嘴，問：這是何物？鐵算子答：這是一根金棍。怪猿道：不錯，這是一根金棍；但是，你知道是誰的金棍？鐵算子搖搖頭，說是無從猜測。怪猿當即打個哈哈，然後斂住笑容說：傻瓜！這是齊天大聖孫悟空的金棍呀！……）

思想猶如脫韁的馬，無法控制。一口氣寫下兩千字，渴望喝些酒了。擱下筆，客廳裏傳來熱鬧的談笑聲。司馬太太一定贏了不少錢，否則絕不會高興成這個模樣。我斟了一杯酒，走去窗邊，靜觀對海的萬家燈火相繼熄去。（我是難得這樣清醒的。我應該繼續保持清醒。）但是，我竟昂起脖子，將酒一口喝盡。（亞莉是一個十七歲的女孩子，但是完全不像是一個十七歲的女孩子。）

我又斟了一杯酒。

（一個十七歲的女孩子不應該這樣大膽的。除非她已經有過經驗；然而這種可能性不大。亞熱帶的女孩子雖然比較早熟，還不至於這樣大膽。如果不是多看了美國電影，一定多讀了四毫小說。這是一個自由世界，寫稿人有寫武俠小說或四毫小說的自由；讀書人也有讀武俠小說或四毫小說的自由；但是這樣的自由是不是必須的？照我看來，這是一些不健康的自由，將使整個社會基礎產生蟲蝕的危險。）

我喝了一口酒。

（我們這裏實在是一個很自由的地方。報章雜誌可以任意翻譯外國的文章或照片，而不必受罰；同時，本地作者用血汗寫出來的文章，一樣得不到保障。祇要稍為有些商業價格的東西，誰都可以盜印成書，然後運到南洋去傾銷。有時候，連作者自己想出版，也因為印刷不夠迅速而被逼作罷。事實上，這裏的盜印商都與外地的發行商有密切的聯繫，作者自己出書，往往得不到外地發行商的合作。反而那些盜印的「出品」可以源源運往外地，大獲其利。總之，在這裏，作者辛苦寫成的文章，是得不到應得的保障的。不僅如此，盜印商為了避免引起法律上的麻煩，偷印了別人的著作，印成書後，連作者的署名也隨便更改。對於一個作者，喪失版權已經是一種無可彌補的損失了；何況還要被改掉署名。）

我一口將酒喝盡，心中燃起怒火。

（這是一個自由的地方，但是太過自由了。凡是住在這裏的人，設有一個不愛好自由。不過，盜印商如果可以獲得任意盜印的自由，那末，強盜也可以獲得搶劫的自由了。作者對他自己的著作當然是有著作權的。作品等於原作者的骨肉。但在這裏，搶奪別人的骨肉者有罪；盜印別人的著作者可以逍遙法外，不受法律制裁。這是甚麼道理？這是甚麼道理？這是甚麼道理？）

我走去酒櫃，又斟了一杯酒。

（以報紙上的連載小說而言，報紙是登過記的。那末，在報紙上發表的小說當然也會受到法律的保護。但是為甚麼盜印商可以將這些連載小說印成四毫小說，並更改作者署名，運到南洋去傾銷？）

我一連喝了好幾口酒，心內憤激，睡意盡消。我是一個逃避主義者，祇會用酒液來逃避這醜惡的現實。

當我躺在床上時，潮退矣。借來的愛情，祇是無色無嗅無形的一團，游曳在黑暗中，與黑暗無異。寂寞被囚在深夜的斗室中，而慾望則如舞蹈者。突然想起幕前的笑容與幕後的淚水。（有人說：劇場是小天地；但是也有人說：天地是大劇場。然則我們是觀劇者？抑或戲子？）唯糊塗的人可以淺嘗快樂的滋味。

於是做了一場夢。

醒來完全不記得夢裏的情景，頭痛似針刺。一骨碌翻身下床，站在長鏡前，發現鬍鬚長得很。剃鬍時，客廳裏有司馬先生的咳嗆聲。司馬先生昨晚睡得很遲，咳嗽聲特別響，當我走出沖涼房時，他說有話跟我談。

——甚麼事？我問。

——想收回你那間梗房。

——為甚麼？

——亞莉年紀還輕，我不想讓一個酒徒來糟蹋她！

我搖搖頭，怒火早已燒紅我的兩頰。回入房內，需要喝一點酒。酒瓶已空，口袋裏的零錢已不夠買一瓶FOV。穿上衣服，出街。先打電話給張麗麗，沒有起身。然後打電話給麥荷門，不在家。於是搭乘電車去中環，走去那家報館預支幾十元薪水。副刊編輯聳聳肩，表示辦不到。詢以理由，他說銷紙大跌，未便向上頭開口。沒有辦法，祇有廢然走出。在熱鬧的德輔道中躑躅，見到一家大押[20]，毅然將腕錶押掉。

穿著校服的司馬莉；

穿著紅色旗袍的司馬莉；

穿著紫色過腰短衫與白色過膝短裙的司馬莉；

穿著三點游泳衣的司馬莉；
穿著運動衫的司馬莉；
穿著晚禮服的司馬莉；
穿著灰色短褸與灰色百褶裙的司馬莉；
穿著古裝的司馬莉；
以及不穿衣服的司馬莉；……

幾十個司馬莉；穿著十幾種不同的服裝，猶如走馬燈上的紙人，轉過去，轉過來，出現在我的腦海中，永無停止。司馬莉是一個十七歲的女孩子；也是一個歷盡滄桑的厭世老妓。

在司馬夫婦的心目中，司馬莉比初放的蓮花還純潔；
在那般男同學的心目中，司馬莉是伊莉莎白泰勒第二；
在陌生者的心目中，司馬莉是個漂亮的女孩了；
但是在我的心目中，司馬莉是一隻小狐狸！
我恨她，我怕她，我喜歡她。
錯綜複雜的情感，猶如萬花筒，轉一轉，變一變，沒有兩種相同。我是愛過別人的；也被別人愛過；但是我從未愛過一個十七歲的女孩子；也沒有被一個十七歲的女孩子愛過。司馬莉是一朵罌粟花，外表美麗，果汁卻是有毒的。（不錯，她是罌粟。必須避開她。不如趁早搬走。）摸摸口袋，八十塊錢和一張當票。即使找到合適的房子，也不夠付上期[21]與按金[22]。還是多喝兩杯。

電車沒有二等——二十二點一刻——滿街白領階級——汽車裏的大胖子想到淺水灣去吃一客煎牛排——喂！老劉，很久不見了，你好？——安樂園的燒雞在戲弄窮人的慾望——十二點半西書攤上的裸女日曆最暢銷——香港文化與男性之禁地——任劍輝是全港媽姐的大眾情人——古巴局勢好轉——娛樂戲院正在改建中——姚卓然昨晚踢得非常出色——新聞標題：一少婦夢中遭「胸襲」——利源東街的聲浪——蛻變——思想枯竭症——兩個阿飛專割死牛——櫥窗的誘惑——永安公司大減價——貧血的街道——有一座危樓即將塌倒了——莫拉維亞寫羅馬，臺蒙倫揚寫紐約，福克納寫美國南部，喬也斯寫都柏林。——香港的心臟在跳動——香港的脈搏也在跳動——電車沒有二等。

陽光很好。陽光照在石板街上，可以讓行人用肉眼見到飛揚的灰塵。有攝影師正在捕捉古老的情趣，企圖用斜坡上的骯髒去賺取外國人的好奇。皇后道已經是個老嫗了，建築商有意製造奇蹟，用豫土與鋼條代替 H 3，以期恢復她的青春。

走進萬宜大廈的 Arcade[23]。

櫥窗的引誘極大，顧客們的眼睛遂變成世界語。有人投一枚鎳幣在體重機裏，吐出來的硬卡上邊寫著：你將獲得幸福。

（謊言！不透明的謊言！這是一個撒謊世界！聰明人要撒謊；愚蠢者也要撒謊。富翁要撒謊；窮人也要撒謊。男人要撒謊；女人也要撒謊。老的要撒謊；小的也要撒謊。）

站在自動電梯上，讓機器代替腳步。德輔道上有太多的行人與車輛。電車是沒有二等的。這是一個糊裏糊塗的世界，必須用恚忿來阻止邏輯的追求。我已極感疲憊，渴望做一個遁世者而不可得，走進一家燈光黝暗的咖啡店，坐在角隅處，呼吸霉菜味的空氣。向侍者要一杯酒，市儈的笑聲猶如野貓在半夜摔碎瓷瓶。

——幾乎一年不見你了，他說。你躲在甚麼地方？中馬票？還是給女人迷上了？

——是的，我答。我不僅中了馬票，而且還給美麗的女人迷上了，可惜都是夢中的事。

他笑了，笑聲含有變味的興奮。他叫莫雨，一個專門抄襲好萊塢手法的國語片導演。

——我們常常惦念你的，他說。特別是想打牌的時候。

——你們不怕我輸了欠帳？

莫雨斂住彌勒佛型的笑容，換以金剛式的凝視。我的感受忽然結成冰塊，無法用智慧鎮壓怔

---

21 入住前繳付的租金。

22 押金。

23 商場。

忡。我以為說錯了話，不能沒有恐懼。

——幫我寫一個電影劇本，他說。

語氣多少帶些憐憫，猶如禮拜日上午的祝福鐘聲，來自遙遠處，又彷彿十分接近。希望忽然萌了芽。我看到一朵未來的花。

我從來沒有做過這種工作。

——怕甚麼？香港的編劇哪一個不是半路出家？再說，目前觀眾們的要求很低，祇要是古裝片，加上新藝綜合體與黃梅調與林黛或尤敏，就一定可以賣座了。劇本並不重要，祇是國語片究竟比甚麼廈語片潮語片之類認真一些。

——既然這樣，他們為甚麼還肯付三千元去購買一個劇本？

——三千元在一部電影的製作成本裏占的百分比，實在微乎其微。最近有一部古裝片，片子裏有一場戲需要摔碎一些古玩花瓶，單單這些花瓶的支出，已經可以購買三個分幕對白劇本了。

說到這裏，莫雨掏出一隻熠耀閃光的金菸盒，打開，遞一支黑色「蘇勃雷尼」給我。點上火，加上這麼幾句：

——藝術在香港是最不值錢的東西，電影圈也不例外。不說別的。單講演員，像洪波、唐若青這樣優秀的演員，為了生活，弄得非拍粵語片不可。這種情形，跟你們寫文章的倒也十分相似。在香港，真正的文藝工作者常常弄得連生活都成問題，為了謀稻粱，祇好違背自己的良知去寫武俠小說或者黃色小說。

想不到市儈氣極重的莫雨居然也會說出這樣一番話來。我呆呆地望著他。他吐著青煙。我說：最近我的確很窮，而且還等著要搬家，如果寫劇本正如你所說的那麼容易，我倒是願意嘗試一下的，但不知寫甚麼題材好？

——現在的國語電影還怕找不到題材？別提《紅樓》、《水滸》、《三國》，單是《三言二拍》，就可以拍上十年八年了；此外，《聊齋》、《西遊》也有的是材料，再嫌不夠，舊劇，昆腔，甚至彈詞評話都可以拿來改編。總之，祇要肯到舊書鋪去兜一圈，俯拾皆是。

——既然這樣容易，為甚麼要找我這個生手來做這種工作？

——我們是老友嘛！

他忽然戴上一副黑眼鏡，作笑時，眼鼻皺在一起，看起來，像熊貓。

我的心情突呈緊張，舉杯欲飲，發現酒杯已空。莫雨立刻將大拇指按在中指上，搓出「嗒」的一聲，喚來侍者，向他要了兩杯拔蘭地。

——關於寫劇本的事，你肯幫忙，我是極願一試的。我最近正計劃搬家，需要一筆錢周轉。

——沒有問題，故事通過後，先付你五百。

莫雨舉起酒杯，一口喝盡，站起身，走到鄰桌去了。望著他的背影，我留下一個深刻的印象：一年不見，他已瘦得像根竹竿。（前些日子報紙上刊登一則「大導演熱戀艷星」的新聞，可能就是他。其實，導演與明星勾搭，已經不能算是新聞了；如果導演不與明星勾搭，那才是真正的新聞。）舉起酒杯呷了一口，心情十分興奮，有意到書店去走一趟，看看有甚麼適合改編劇本的材料。於是買單，走出咖啡店。

書店擠滿了看書的人。《鴛鴦燈》，《描金鳳》，《南柯夢》，《琵琶記》，《占花魁》，《桃花扇》，《雙珠鳳》，《浮生六記》，《封神傳》，《征東》，《征西》，《龍圖公案》，《天雨花》，《三笑奇緣》，《洛陽橋》，《殺子報》，《金臺殘淚記》，《蝴蝶夢》，《十美圖》，甚至《濟公傳》，《彭公案》……皆可以改編為電影劇本。

我對於《蝴蝶夢》有特殊的愛好，因此買了一冊舊劇誇子作為改編的藍圖。

在回家的途中，我開始盤算怎樣在舊瓶中裝新酒。（這是一個庸俗的故事，過去也曾改編過電影，不能出奇制勝，就會失去重拍的意義。故事本身是雅俗共賞的，改編成電影劇本，必須有新的見解與新的安排，不能單靠特技鏡頭去迷惑觀眾。《花朝生筆記》說清初嚴鑄取《齊物論》篇衍為傳奇，其實馮夢龍早已編成《莊子休鼓盆成大道》，其事雖荒誕不經，倒也曲折有致。童芷苓演《大劈棺》而紅極一時，但那是舞台上的演出，改編成電影，必須別出心裁。）想到這裏，興趣益濃。

司馬夫婦已出外打牌，祇有司馬莉一個人坐在客廳裏。

她對我盯了一眼。

我也對她盯了一眼。

走進臥房，準備撰寫《蝴蝶夢》的大綱。提起筆，發現腹稿尚未成熟。想喝酒，酒瓶已空。偶然的一瞥，司馬莉背靠門框上，笑瞇瞇地望著我。

——決定搬了？她問。

——你自己做的好事。

——我做了甚麼？

——你怎麼可以跟你父母說我有意糟蹋你？

她笑了，態度十分安詳。頓了一頓，又提出一個問題：

——不想搬，也有辦法。

——甚麼辦法？

——你不用管，不過，必須答應我一個條件。

——甚麼條件？

她以狡獪的笑容作答，走去點上一支菸。（一個十七歲的女孩子怎麼可以抽駱駝菸？）她的吸菸的姿勢具有一種成熟的美。

嘴唇搽著杏色的唇膏，連吐出來的青煙也是杏味的。我必須壓縮自己的感情，堅拒芒刺般的眼波來侵。傘下的想像，雨水再次受到挫折。遠方的一株樹不過是一個古怪的聯想。凡是年輕人，總愛追求兩個太陽。懷疑如小偷般潛匿在角隅，不敢動彈。大膽的願望，恰被驚怯的躊躇所阻。我不像是個有膽量的男人，投小石於心池中，泛起幾圈漣漪，一若海鷗點水。那午夜的愛情是合法的，但是好奇的男女皆不注意陽光的角度。想喝一杯酒，酒瓶已空。失望常是冰涼的，舞蹈家在夢境中斷了鞋帶。她舒口氣，眼睛裏仍有振奮的神情。（一切都會過去的，我想。）然而這想念並未給我太多的鼓舞。

——不必怕，我已不是你想像中的我了，她說。

——我知道。我知道。

——既然知道，何必遲疑？

（這樣的話，哪裏像一個十七歲的女孩子說的？）我怕。我忽然見到一對虎眼。拉開門，棄甲而遁。走到街上，猶有餘悸。進入涼茶店，打一個電話給麥荷門。

——借三百塊錢給我？

——為甚麼？

——我決定搬家了。

——甚麼時候要？

——方便的話，一兩天內拿給我。

擱斷電話，我走進一家酒樓。

12

過了一天，《蝴蝶夢》的故事交出了。莫雨說是電影界多了一個生力軍，值得高興。但是沒有付錢給我。

——這是人人皆知的故事，一定可以通得過。他對我說。

——但是我不懂運用電影劇本上的術語。我說。

——寫一個文學劇本就是了，分場分鏡的工作，由我來替你做。

事情這樣決定，內心燃起希望之火。

•

又過了一天，麥荷門約我在「美心」見面，拿了三百塊錢給我，千叮萬囑，要我小心用錢，別將這筆錢變成酒液喝下。

談到他的那個短篇，我說：

——寫得不壞，比時下一般「文藝創作」高明多了；祇是表現手法仍嫌陳舊，不是進步的。

他瞪大一對詢問的眼，顯然要我作更詳細的解釋。我喝了一口酒，繼續說下去：

——目前的所謂「文藝小說」根本連五四時代的水準都夠不上。有人努力於這一水平的攀登，即使達到了，依舊是落後的。實際上，五四時代的小說與同時代的世界一流作品比較，也是落後的。如果今天的小說家仍以達致五四水準就感到滿意的話，我們就永遠無法在世界文壇占一席地了。你的這個短篇，結構很嚴謹，而且還有個驚奇的結尾，如果出現在莫泊桑或者歐•亨利那個時代，當然會被視作優秀作品；但是，用今天的眼光來看，無疑是落後的。文學是一種創造，企圖在傳統中追求古老的藝術形式與理想，無論怎樣熱情，也不會獲得顯著的成就。現實主義早已落伍，甚至福樓拜也說過這樣的話——我們手邊有復音的合奏，豐富的調色板，各種各樣的媒介——但是我們缺乏的是：（一）內在的原則；（二）事物的靈魂；（三）情節的思想。福樓拜是現實主義大師，他的話當然不會是危言聳聽。事實上，現實主義的單方面發展，絕對無法把握全面的生活發展，因此，連契訶夫也會感慨地說出這樣的話了：我們的靈魂空洞得可以當作皮球踢！

我又喝了兩口酒，然後加上這幾句：

——現實主義應該死去了，現代小說家必須探求人類的內在真實。

麥荷門點點頭，表示同意我的看法。他要我介紹一些作品給他，我僅就記憶所及，說了幾位優秀作家的作品：

——湯瑪士•曼的《魔山》，喬也斯的《優力西斯》與普魯斯特的《追憶逝水年華》是現代文學的三寶。此外格雷夫斯的《我，克勞迪亞》；卡夫卡的《審判》；加謬的《黑死病》；福斯特的《往印度》；沙特的《自由之路》；福克納的《喧嘩與騷動》；浮琴尼亞・吳爾芙的《浪》；巴斯特納克的《最後夏天》；海明威的《再會吧，武器！》與《老人與海》；費滋哲羅的《大亨小傳》；帕索斯的《美國》；莫拉維亞的《羅馬一婦人》，以及芥川龍之介的短篇等等，都是每一個愛好文學的人必讀的作品。

麥荷門臉上忽然出現一種奇特的表情，看起來，有點像苦力馱著太重的物件。

麥荷門是一個好強的青年，不但接受了我的勸告，而且還一再向我道謝。他是決定將文學當作勞役來接受的。我覺得他傻得可愛，至少在香港就不容易找到像他那樣的傻子。

•

又過了一天，司馬先生再一次向我提出嚴重警告，說是：如果再調戲他的女兒，他就要到法院去控告我了。我竭力否認此事，他不信。

•

又過了一天，我做了一場夢。夢見我編的《蝴蝶夢》已拍成，在港九兩間專映頭輪西片的戲院聯合獻映，賣座極盛，創立了本年度國語片最高票房紀錄。

•

又過了一天，我在「告羅士打」遇到張麗麗。她與一個肥胖的男人在一起，打扮得十分花枝招展。我望著她。她望著我。我們用眼色交換寒暄。

●

又過了一天，我找到一間光猛的梗房，月租一百二，包水電。包租婆姓王，是個半老的徐娘，皮膚很白，丈夫在船上做工，每年回港兩次。她有兩個孩子，都是男的：一個二十歲；一個九歲。二十歲的那個名叫「王誠」，不讀書，跟著父親在船上當學徒；九歲的那個名叫「王實」，很笨，讀小學一年級，還要留班。這一家人說是四個，實際等於兩個，很清靜。王太那一層樓並不大，兩房一廳，分租了一間給我。看來，她的經濟情形還不錯，丈夫在船上做工，經常帶些私貨，賺錢不會有甚麼困難。照說，她是不應該分租的，但是她覺得太冷靜，家裏需要多一個男人。

●

又過了一天；我搬家了。除了書籍以外，祇有簡單的傢俱：一隻床，一隻寫字枱，兩隻椅子，一隻五斗櫥以及一隻比五斗櫥幾乎大兩倍的書架。我租了一輛小貨車，由兩個苦力將傢俱抬下樓去。司馬夫婦出去打牌了，祇有司馬莉一個人坐在客廳裏聽東尼・威廉姆斯唱的《祇有你》。

——走過來，有話跟你說。

當苦力們正在搬東西的時候，她忽然粗聲粗氣對我說。我走到她面前，問：

——甚麼事？

——將你的地址告訴我！

——為甚麼？

——難道這也需要理由？

——是的，非有充分的理由不可。

——怕我吃掉你？

——怕你再製造謠言。她笑了。她點上一支菸。她將煙圈噴在我的臉上。她睜大眼睛。她說：

——把你的地址告訴我。

——等你到了二十歲時，再來找我。

我挪步朝臥房走去。她追上來，將嘴巴湊在我的耳邊，聲音低若蚊叫：

——告訴你一個祕密。

——甚麼？

——你必須發誓不再講給別人聽。

——那末，不必告訴我了。

我走去收拾東西。她追上來，將嘴巴湊在我耳邊，聲音依舊像蚊叫一般低。

——你是一個固執的男人。

——是的，我是一個固執的男人。

——我喜歡你的固執。

——不必再說這種話。

——所以我還是願意將自己的祕密告訴你，諒你也不會對別人講的。

（一個十七歲的女孩子，會有甚麼祕密？我想。考試作弊；抑或偷了別人的粉盒？）

吸一口菸，將話語隨同青煙吐出：

——我在十五歲那年已經墮過胎了！

話語猶如晴天霹靂，使我感到極大的詫異。我瞪大眼睛望著她，她在笑。她的笑容極安詳。

——亞莉，我說。你還年輕，不能自暴自棄。

她將長長的菸蒂子往地板上一扔，用皮鞋踩熄後，說：

——你是一個寫小說的人；但是頭腦太舊。

——對於一個十七歲的女孩子，頭腦太新，是一件非常危險的事。

——危險？有甚麼危險？

——再過十年，你會瞭解我今天所說的話了。

苦力已經將所有的東西全部搬了下去。這間小小的梗房，空落落的，祇有一些垃圾與舊報紙堆在地板上等待掃除。

——再見，我說。

——你還沒有將地址告訴我。

——還是不說的好。

走出司馬家大門，我就聽見司馬莉在後面大聲哭了起來。（眼淚是女人的武器，我想。它可以使軟心腸的男人跌入陷阱。）我不是傻瓜，特別是頭腦清醒的時候。

•

又過了一天，發現包租婆酒櫃裏放著不少洋酒，以為她也是一個酒鬼，後來才知道她並不嗜酒。

——既然不喜歡喝，為甚麼放這麼多的酒在酒櫃裏？

她的回答是：

——有了酒櫃總不能沒有酒！

•

又過了一天，包租婆請我喝了半瓶「黑白」威士忌。她的理由是：反正沒有人喝。

•

又過了一天，我不但將賸下的半瓶「黑白」威士忌喝盡；而且另外還喝了幾杯 VAT69 威士忌。王太讚我酒量好。我覺得她的笑容像一朵盛開的花。

——你的丈夫每年回來兩次？我問。

——是的。

——你的丈夫每月匯錢給你？

——是的。

——你的丈夫每天寫一封信給你？

——沒有。

——每一個星期寫一封？

——沒有。

——每一個月？

——也沒有。

——難道他從來沒有寫信給過你？

——他不識字。

——為甚麼不請別人代寫？

——他太忙。

——不見得忙得連寫封信的時間也沒有？

——當他在船上時，他忙於賭錢；當他上岸時，他忙於找女人。凡是在船上做工的人，祇要肯帶一些私貨，賺錢是不必花甚麼氣力的。我們王先生精力過A，必須設法消耗，所以，幾乎每一碼頭都養一個女人。

——你是其中之一？

——是的，我是他的「香港夫人」；此外倫敦，紐約，舊金山等大埠固不必說，甚至巴西，西貢，橫濱——都有。

——你替他養了兩個孩子？

——是的。

——別地方的「夫人」呢？

——恐怕連他自己也攪不清楚。

（這位「王先生」實在是一個非常有趣的人物，我想。長年坐著大船在地球上兜圈子，靠走私賺些容易錢；拿這些錢去供養數不清的老婆與子女。）

——他愛你嗎？

——不知道。

——你愛他嗎？

——我？我愛的是錢。祇要他每個月有錢寄回來，他抵埠時，我就會到九龍倉去接他。他不在香港的時候，你覺得寂寞嗎？

她笑。

●

又過了一天，我喝醉了。一對飢餓的眼睛在追尋失去的快樂。夜色已濃，那個名叫「王實」的孩子早已熟睡。空氣凝結成固體，正當行人走進黑森林的時候。思想是稻草，突然忘記昨日的風雨以及逝去的蟬鳴；但見女巫爬上天梯，慾望企圖登陸月球。兩個孤獨的旅客相遇於雨夜的涼亭，結果下了一局象棋。影子壓在失名的石頭上，石頭出汗。春天躲在牆角，正在偷看踩在雲層上的足音。……我醉了。

●

又過了一天，我接到那家報館的通知，要我將那篇武俠小說寫到月底結束，理由是：我的武俠小說「動作」沒有別人多。這樣一來，我已完全沒有收入了。我的自尊心受了傷害，連今後的種種也不敢籌算。我走入客廳，沒有徵得包租婆的同意，打開酒櫃，取出一瓶拔蘭地。剛斟了一杯，包租婆提著菜籃從街市回來，見我拿著酒，慌慌張張地走來勸阻：

——不能再喝。

——為甚麼？

——不是因為貪飲幾杯，就不會做出那種事情來了。

——我心裏煩得很。

——我心裏煩得很。

——怕我纏住你？

——不，不，絕對不是。

——那末，聽我的話，暫時不要再喝。

縱然如此，我還是舉杯將酒一口喝盡。包租婆看出我有心事，一再追問。

——將你的心事告訴我，她說。

——我是一個依靠賣文度日的人，剛才收到報館的通知，說我的武俠小說寫得不好，今後不用我的稿子了。

——噢，原來是這樣。

——聽口氣，你好像並不覺得這是一件嚴重的事。

她笑了，笑容裏含有太多的意思，但是我完全無法捕捉，我渴望喝一杯酒。她卻慷慨地拿了一瓶給我。

●

又過了一天，我以整整一個上午的時間撰寫《蝴蝶夢》的劇本。我指望拿這筆錢來維持一個時期；同時還清積欠麥荷門的債。

為了追尋靈感，我必須飲酒。

為了使激動的情緒恢復寧靜，我必須飲酒。

為了一些不可言狀的理由，我必須飲酒。

●

又過了一天，《蝴蝶夢》已寫到第三十一場，自以為相當精采，因此喝了更多的酒。

●

又過了一天，包租婆的酒櫃祇賸下兩瓶酒了。《蝴蝶夢》寫到四十八場。

●

又過了一天，《蝴蝶夢》寫到六十二場。包租婆的酒櫃裏祇賸一瓶酒。

●

又過了一天，《蝴蝶夢》寫成。包租婆的酒也全部飲盡。

有了釋然的感覺，立刻打電話給莫雨。莫雨約我在「告羅士打」見面，口氣很興奮。我已有幾天沒有出街，走到外邊，精神為之一振。也許因為已經完成《蝴蝶夢》劇本的關係，也許因為轉換了一個新環境，也許因為包租婆是個慷慨而不飲酒的女人……總之，我的心情很好。抵達「告羅士打」，將劇本交給莫雨。希望他盡早將劇本費支給我。他點點頭，嘴裏咬著雪茄。他沒有開口。我祇好坦白向他訴說自己的窘迫。他聽了，仍不說話，祇是扭亮打火機，點燃早已熄滅的雪茄。他吐出一大堆煙霧。這煙霧不但使我有了霧裏看花的感覺；而且猛烈咳嗆起來。他笑了，笑得很不自然。我一定要他作具體的答覆，他說了這麼一句：

——過一個星期打電話來。

——再過一個星期，我就要餓死了！

——當真那麼窮？

——沒有一家報館要我的武俠小說。

——為甚麼不寫黃色小說？

——前些日子，你不是勸我改寫電影劇本的？

——唉，關於電影圈裏的事，那就一言難盡了。不過，你既有改行的意思，我當然要幫助你的。

13

「你不能自暴自棄」，信是這樣開頭的。「香港雖然文化氣息不濃；但是每一個知識分子都有責任保存中國文化的元氣及持續。為了生活，誰也不能阻止你撰寫荒謬的武俠小說。這裏是一塊自由的天地，讀者有自由挑選他們喜歡閱讀的東西，作者也有自由撰寫他們願意寫的東西。你的痛苦，我很瞭解。你當然並不願意撰寫武俠小說的，祇是為了生存，不能不做這種違背心願的工作。一個有藝術良知的作者，如果不能繼續生存的話，這藝術良知就等於零。不過，目前你的處境雖窘迫，仍有不少空餘時間。你應該戒酒；放棄做一個逃避主義者的念頭。將買酒的錢買飯吃；將空餘的時間撰寫你自己想寫的作品。不要害怕他人的曲解與誤會；也不必求取他人的認知。E・M・福斯特曾經說過這樣的話：在整個物質宇宙中，藝術工作是占有內在秩序的唯一目標。為了這個緣故，我們才重視藝術工作。但是，沒有一個藝術工作者在耕耘的時候想到收穫的。誠如你過去對我說過的：喬也斯生前是怎樣的清苦；又是怎樣的勤奮。他是個半盲人，為了生活，逼得去教書，逼得去做書記工作，可是他從來沒有中斷過自己願意做的事情，迨至《優力西斯》出版，檢查員禁止他的作品出版；盜印商盜印他的作品牟利；讀者們曲解他的作品；但是他仍不氣餒。他依舊繼續不斷地工作，包括自己願意做的；以及不願意做的。他很窮，旅居蘇黎世時，他依靠一個社團捐贈的一百鎊而倖免於餓死。他死時，幾乎一文不名。在文學史上，沒有一位作家比他的一生更痛苦，更淒慘。當他在世時，他的作品受盡奚落與蔑視；但是今天，所有的嚴肅批評家已一致承認他是二十世紀最偉大的作家了。凡此種種，都是你告訴我的。你對於文學的瞭解當然比我深刻，而且我相信你的潛力是無竭的，如果你有決心，你一定可以寫出具有相當影響力的作品。文學是一種苦役，真正愛好文學的人都是孤獨的。你不必要求別人的認知，也不必理會別人的曲解與咒罵。喬也斯死去僅二十一年，他已經成為『現代文學的巨人』，但是又有誰知遭當時侮辱喬也斯的冬烘[24]們是些甚麼東西？朋友，你應該有勇氣接受現實，同時以絕大的決心去追求理想。」

署名是麥荷門。

24 迂腐淺陋的知識分子。

14

將自己禁錮在房內，哭了一天。

15

（我必須戒酒，我想。我必須繼續保持清醒，寫出一部具有獨創性的小說——一部與眾不同的小說。雖然香港的雜誌報章多數是商業性的，但也並不如某些人嘴裏所說的那麼骯髒。大部分雜誌報章的選稿尺度固然著重作品本身的商業價格；但是真正具有藝術價值的作品，還是有地方可以發表的。所以，我必須戒酒。我必須振作起來，寫一部與眾不同的小說。當我在學校讀書的時候，我已寫過實驗小說了。我嘗試用橫斷面的手法寫一個山村的革命；我嘗試用接近感覺派的手法寫一個白俄女人在霞飛路邊作求生的掙扎；我嘗試用現代人的感受寫隋煬帝的荒謬；——但是今天，我竟放棄了這些年來的努力，跟在別人背後，大寫其飛劍絕招了。我對不起自己。我對不起自己。我對不起自己。）

這些年來，計劃中想寫的小說，共有兩個。

一，用百萬字來表現一群小人物在一個大時代裏的求生經驗，採用心理分析方法，寫北伐，寫國難，寫抗戰，寫內戰，寫香港。此書擬分十部，第一部題名《花轎》。當我旅居新加坡的時候，

《花轎》已經寫好三分之一，後來因為貧病交迫，沒有繼續寫下去。

二，寫一部別開生面的中篇小說，由三個空間合組而成，從三個不同的角度去描繪一顆女人的心。（應該先著手撰寫哪一部？將《花轎》繼續寫下去，則所費時日太久，生活不安定，未必有把握完篇。寫一個別開生面的中篇，主要的條件：結構必須十分謹嚴。心緒不寧，漏洞必多，成功的希望也不大。）

眼望天花板，有一隻蜘蛛正在織網。蜘蛛很醜陋，教人看了不順眼。牠正在分泌粘液，爬上爬下，似乎永遠不知疲憊。

（凡是嘗試，多數會失敗的，我想。沒有失敗的嘗試，就不會有成功。我應該在這個時候拿出勇氣來，作一次大膽的嘗試。香港雖然是一個商業味極濃的社會；但也產生了像饒宗頤這樣的學者。）

我一骨碌翻身下床，開始草擬初步大綱。這是一部注重結構的小說，組織不嚴密，就會白費氣力。

狂熱不是營養素，飢餓卻無法伸展其長臂。四個鐘頭過去了，我發現這大綱並不容易擬。現代小說雖然不需要曲折的情節；但是，細節交錯需要清醒的頭腦；一若織絨線衫的需要靈活的手指。

有人敲門。

原來是包租婆。

——給你炒了一碗飯，她說。

走入客廳發現圓桌上放著一碗炒飯，一碟滷味和一瓶威士忌。止不住內心的怔忡，分不清喜悅與悲哀，乜斜著眼珠子，投以不經意的一瞥。昨晚還空著的酒櫃，此刻已擺滿酒瓶。

鋼鐵般的意志終於投入熔爐。抵受不了酒的引誘，我依舊是塵世的俗物。一杯酒的代價，魔鬼就將我的靈魂買去。那一排酒等於魚餌了，飢餓的魚勢必上鉤。於是我看到一個可怕的危機。兩種不同的飢餓正在作公平的交易。

一切都是奇妙複雜的，包括人的思想與慾望。當我喝下第一杯酒後，就想喝第二杯。思想變成泥團，用肥皂擦，也擦不乾淨。狂熱跳下酒杯，醉了。

包租婆是個被侮辱與被損害者，但是她有嫵媚的笑容。黑色的洞穴中，燈被勁風吹熄於弱者求救時。於是聽到一些奇奇怪怪的聲音，原來是瘋子作的交響樂章。

——這是上好的威士忌，她說。

——是的，是的，我願意做酒的奴隸。

沒有理想。沒有希望。沒有雄心。沒有悲哀。沒有警惕。

理想在酒杯裏游泳。希望在酒杯裏游泳。雄心在酒杯裏游泳。悲哀在酒杯裏游泳。警惕在酒杯裏游泳。

一杯。二杯。三杯。四杯。五杯。……

我不再認識自己，靈魂開始與肉軀交換。包租婆的牙齒潔白似貝殼。包租婆的眼睛瞇成一條線。

（祇有傻瓜才願意在這個時候談文學革命，我想。文學不是酒。文學是毒藥。書本讀得越多的人，越孤獨。有人仍在流汗，沙漠裏剛長出一支幼苗，眼看就要給腐朽者拔掉了。祇有傻瓜才願意在這個時候談藝術良知。許多人的頭腦裏，裝著太多的齷齪念頭。）

男子的剛性被謀殺了，一切皆極混亂，情感更甚，猶如五歲男孩的鉛筆畫。明日之形象具有太多的藍色，樂聲的線條遂變得十分細小。

號外聲忽然吞噬了乞丐的啜泣。

包租婆走去將玻璃窗關上，張開嘴，存心展覽潔白的牙齒。貓王的聲音含有大量傳染病菌，縱然是半老的徐娘，也不願在這個時候扭熄收音機。

沒有一條柏油路可以通達夢境，那祇是意象的梯子。當提琴的手指夾住一個嘆氣時，酒渦尚未蒼老。

有一條黃色的魚，在她的瞳子裏游泳。

（我必須忘記痛苦的記憶；讓痛苦的記憶變成小孩手中的氣球，鬆了手，慢慢向上昇，向上

昇，向上昇，向上昇，向上昇，——昇至一個不可知的空間。）

（我必須拋棄過奢的慾望；讓過奢的慾望，變成樹上的花瓣，風一吹，樹枝搖曳，飄落在水面，慢慢向前流，向前流，向前流，向前流——流到一個不可知的地方。）

（我必須抹殺自己的良知，讓自己的良知，變成畫家筆底的構圖，錯誤的一筆，破壞了整個畫面，憤然用黑色塗去，加一層，加一層，加一層，加一層，加一層——黑到教人看不清一點痕跡。）

我閉上眼睛。

幻想中出現兩隻玻璃瓶。

但是，她說她也見到了兩隻玻璃瓶。這是不可能的，雖然雨傘也會拒絕陽光的侵略。

——甚麼顏色？我問。

——一隻是紫色的；一隻是藍色的。

——我看到的卻是兩隻藍瓶。

——這就奇了。

——你有沒有看出裏邊裝著甚麼東西？

——兩瓶都是愛情的溶液。你呢？

——我祇看到酒。

——為甚麼不睜開你的眼睛？

睜開眼睛，面前放著兩杯拔蘭地。我不知道我已經喝了多少杯；然而那不是製造快樂的原料。我並不快樂。

（處在這個社會裏，我永遠得不到快樂，我想。）

雖然有了七分醉意，仍有三分清醒。我怕包租婆，匆匆走了出來，再也不想知道那兩隻瓶子裏究竟裝的是愛情，抑或酒液？於是走進一家電影院，坐在黑暗中，昏昏沉沉地睡了一覺。睡後做一場夢，夢見星期六不辦公的上帝。有人搖動我肩，醒來正是散戲的時候。走出戲院，夜色四合。迷失在霓虹燈的叢林中，頭很痛。

想起錢，打了一個電話給莫雨：

——正想找你，他說。馬上過海來，我在「格蘭」等你。

坐在渡輪上，火焰開始烤灼我的心。一個新生的希望，猶如神燈裏的 Genie，從很小很小的形體，瞬息變得很大很大。

渡輪特別慢。渡輪像蝸牛。渡輪上的搭客個個態度安詳。

海上有一隻航空母艦，大得很。但是它不能使我發生興趣。

九龍的萬家燈火，比天上的繁星美麗得多。但是它不能使我發生興趣。

渡輪上坐著一個年輕女人，打扮得很漂亮，但是她不能使我發生興趣。

渡輪抵達佐頓道碼頭，僱了一輛的士，直駛「格蘭酒店」。

莫雨早已坐在靠窗的座位上，見到我，立刻堆上一臉阿諛的笑容。莫雨是不大肯露笑容的人。坐定，向侍者要一杯咖啡。

談到劇本，莫雨的態度很持重，並不立刻開口，臉上倏地轉換一種十分尷尬的表情，不像喜悅，也不像歉疚，根本並不代表甚麼。他不斷噴著煙霧，企圖用煙霧來掩飾自己的窘迫。

——失敗是成功之母，不必灰心，他說。反正公司已擬訂增產計劃，以後機會多得很，祇要有決心，遲早終可以走進電影圈的。事實上，電影圈最缺乏的就是編劇人才。過去，因為鬧劇本荒，我們老闆一度有意將日本片的故事改成中國人物與中國習俗，加以重拍；現在，由於觀眾們對古裝片百看不厭，劇本荒的問題總算解決了一半。我說解決一半，當然是題材，至於做改編工作的人才，還是非常缺乏。公司方面為了配合增產計劃，總希望能夠造就一些新人出來。你既已有決心改行，絕不能因為一個劇本沒有寫好，就灰心。事實上，如果我是老闆的話，我倒是很願意拍一部具有藝術價值的電影。可惜我不是老闆；而老闆的看法，又常常跟我們不同，所以……

沒有等他將話講完，我走出「格蘭酒店」。

（這是一個甚麼世界？我想。文章的好壞取決於有無生意眼；電影的優劣亦復如此。文學與藝術，在功利主義者的心目中，祇是一層包著毒素的糖衣。）

16

希望是肥皂泡，作了霎那的舞蹈，搖呀晃的，忽然破碎於手指的一點。我終於察覺了自己的愚懵，再也不願捕捉彩色的幻念。當我煩悶時，酒將使我狂笑；而包租婆依舊保持酒櫃的常滿，企圖在我心田播下一粒種子。我不能單靠酒液生存，包租婆竟邀我同桌進食。起先，她不肯收飯錢；後來，知道我已失業，連房租也不要了。我心裏很不舒服；因此喝了更多的酒。有一天，從報館拿到最後一筆稿費，走去馬場存心被命運戲弄。離開馬場時，口袋祇賸幾塊零錢。回到家裏，包租婆問：

——到甚麼地方去了？

——賭馬。

——運氣怎樣？

——不好。

——輸掉多少？

——不算多，祇有半個月的稿費；不過，那是我的全部財產。

輸去一百多塊錢，不能算多；但是把自尊心也輸掉了，不能不可憐自己。

第二天早晨，決定找麥荷門想辦法，走到門口，包租婆塞了一百塊錢給我。

我拒收。

走到樓下，我第一次意識到事情的可怕。（我應該搬到別處去居住，我想。）

半個鐘頭過後，我與麥荷門在「告羅士打」飲茶。

——有兩個問題，必須解決，我說。

——哪兩個問題？

——第一，職業問題；第二，搬家。

——又要搬家了？為甚麼？

——我雖然窮，可是仍有自尊心。

——不明白你的意思？

——再沒有收入，我將變成一個吃拖鞋飯的男人！

麥荷門的兩隻眼睛等於兩個「？」。

進一步的解釋已屬必需；但是未開口，視線就被淚水攪模糊了。麥荷門不能瞭解我的悲哀，久久發愣；然後說了這麼一句：

——一個遁世者忽然變成厭世者了！

——是的，荷門，我想不出這個世界還有甚麼值得留戀的東西。

——酒呢？

——那是遁世的工具。

——希望呢？

——我已失去任何希望。

麥荷門低著頭，下意識地用銀匙攪渾杯中的咖啡。

——你說你不是一個勇敢的人？他問。

——是的。

——因為你沒有勇氣自殺？

——一個失去任何依憑的人沒有理由繼續偷生。

——我的看法剛剛與你相反。

——你的看法怎樣？

——我認為一個勇敢的人必須有勇氣繼續活下去。

接著麥荷門提出一個計劃：辦一本文學雜誌，希望我能擔任編輯的工作。關於資金方面，他母親已答應拿出一部分私蓄。

——你父親呢？

——他不會贊成辦文學雜誌的。過去，我曾經向他透露過這個意思，他大表反對，說是在香港辦文學雜誌，絕對不能超過《青年園地》的水平，否則，非蝕大本不可。

——他的看法很有道理。

——但是，我的想法不同。我認為祇要雜誌本身能夠在這烏煙瘴氣的社會中產生一些積極的作用，蝕掉幾千塊錢，也有意義。

——這是傻瓜的想法。

——我們這個社會，聰明人太多；而傻瓜太少。

——雜誌登記時要繳一萬元保證金，這筆錢，到哪裏去籌？

——保證金的問題不難解決，麥荷門說。報館裏有位同事曾經在今年春天辦過一本雜誌，後來因銷數不多而結束。如果我們決定辦的話，可以借用他的登記證，每一期付兩百塊錢利息給他。

——你有適當的名稱嗎？

——大大方方就是《文學》兩個字，你看怎樣？

——過去傅東華編過一本雜誌叫做《文學》，在前幾年台灣也有一本《文學雜誌》。

——你的意思呢？

——不如叫《前衛文學》，教人一望而知是一本站在時代尖端的刊物。

——好極了！好極了！決定叫《前衛文學》。

麥荷門非常興奮地跟我研究雜誌的內容了。我的意思是譯文與創作各占一半篇幅。譯文以介紹有獨創性而具有巨大影響力的現代作品為主；創作部分則必須採取寧缺毋濫的態度，儘量提高水準。

——目前，四毫小說的產量已達到每天一本，除了那些盜印別人著作的，多數連文字都不通，更談不上技巧與手法。這種四毫小說，猶如稻田裏的害蟲一般，將使正常的禾苗無法成長。如果我們能夠在這個時候出版一本健康的、新銳的、富有朝氣的文學雜誌，雖不能像ＤＤＴ[25]般將所有的害蟲全部殺死；最低限度，也好保護幼苗逐漸茁強。

麥荷門臉上立刻泛起一陣紅潤潤的顏色，眼睛裏有自信的光芒射出。我雖然也感到興奮；卻不像他那麼樂觀。在我們這個環境裏，格調越高的雜誌，銷數越少；銷數越多的雜誌，格調必低。我們理想中的那本雜誌，編得越好，夭折的可能性越大。

經過一番冷靜的考慮後，我說：

——這雖然是一個崇高的理想；但是將你母親辛苦積蓄下來的錢白白丟掉，不能算是一個聰明的做法。

——我不願接受任何方面的津貼；更不願辦一本害人的黃色雜誌。

麥荷門的態度竟會如此堅決。

麥荷門願意每個月付我三百塊錢，作為薪水，不算多，但也勉強可以應付生活所需。

——祇要不喝酒，不會不夠的，他說。這是實踐我們共同理想的工作，希望你能夠經常保持清醒。酒不是橋梁；祇是一種麻醉劑。你想做一個遁世者，酒不能帶你到另外一個世界去。過去，你不滿現實；現在你必須拿出勇氣來面對現實。《前衛文學》的銷數一定不會好，可是我倒並不為此擔憂。像這樣嚴肅而有分量的雜誌，即使祇有一個讀者，我們的精力就不算白花了！

這一番話，具有一種特殊的力量，使我的血在血管裏開始作百米競賽。理想注射了多種維他命；希望出現了紅潤的顏色。一個內在真實的探險者，不能在抽象的山谷中解開酒囊。

我有了一份理想的工作。

我要求麥荷門借三百塊錢給我，為了搬家。

17

酒櫃裏放滿酒瓶。

對於包租婆，這是餌。如果所有的魚都是愚蠢的話，漁翁也不會有失望的日子了。那天晚上，收音機正在播送法蘭基・蘭唱的〈墜入情網的女人〉，我拉開房門，對她說：

——我要搬了。

她哭。

嘴巴彎成弧形，很難看。那個名叫「王實」的男孩有點困惑不解，抬起頭，問：

——媽，你為甚麼哭？

做母親的人不開口，王實也哭了。

做母親的人用手撫摸王實的頭，淚水從臉頰滑落來，掉在衣服上。

王實的淚水也從臉頰滑落來，掉在衣服上。我不願意看女人流淚；也不願意看男孩流淚。必須到外邊去走走。說夜晚的香港最美麗；是一種世俗的看法。霓虹燈射出太多的顏色，使摩肩擦背的行人們皆嗅到焦味。是情感燒焦了；抑或幻夢？柏油路上的汽車疾如飛箭；玩倦了的有錢人急於尋求拖鞋裏的閒情。我是有家歸不得的人，祇想購買麻痺。走進一家舞廳後，不再記得麥荷門的叮嚀。我的思想在黑暗中迷失了。這家舞廳為甚麼這樣黑暗？舞廳是罪惡的集中營。每一個舞客都有兩隻骯髒的手。

然後我看到一對塗著黑眼圈的稚氣的眼睛。（是一個女孩子，我想。她的吸菸姿態雖然相當老練，卻仍不能掩飾稚嫩。）

——不跳舞？她問。

——不會跳。

——過去常跑舞廳？

——今天是第一次。

——失戀了，她說。

——何以見得？

——祇有失戀的人才會有這樣的勇氣。

——進舞廳也需要勇氣？

——第一次單獨進舞廳不會沒有緣故。

出乎意料之外，她的舌尖含有太濃的菸草味。黑暗是罪惡的集中營。酒精與菸葉味的一再交流。兩個荒唐的靈魂猶如麵粉團般，揉合在一起。我懷中有一頭小貓。

——叫甚麼名字？

——楊露。

——下海多久？

——兩個月。

——不怕男人的瘋狂？

——衹要瘋狂的男人肯付錢，就不怕。

——我倒害怕起來了。

——怕甚麼？

——怕一頭馴服的小貓有一顆蛇蠍的心。

她笑。笑得很稚氣，雖然眼圈塗得很黑。我掏出鈔票，買了五個鐘。她問：

——不帶我出街？

——剛才衹喝了三杯酒。

——跟酒有甚麼關係？

——如果喝了十杯威士忌，我一定買全鐘帶你出街。

——你是一個有趣的男人，她說。

——你是一個有趣的女孩子。

——我不是女孩子。

——當我喝下十杯威士忌時，我會知道的。

離開舞廳，身心兩疲，想起剛才的事，猶如做了一場噩夢。回到家裏，客廳裏冷清清的，祇有時鐘仍在計算寂寞。猜想起來，包租婆與她的兒子一定睡著了。掏出鑰匙，轉了轉，發現房門虛掩著，並未上鎖。推門而入，習慣地伸手扭亮電燈，意外地看到包租婆躺在我的床上。（蛇的睡姿，我想。）我躡步走到床邊，仔細察看，她睡得正酣。

伸手搖搖她的肩膀，她醒了。

——為甚麼睡在我的床上？我問。

她的笑，有如一朵醉了的花。那剛從夢境中看過奇怪事物的眼睛裏有困惑的光芒射出。

——為甚麼睡在我的床上？我問。

她格格作笑，笑聲似銀鈴。然後我嗅到一股刺鼻的酒氣，頗感詫異。

——為甚麼睡在我的床上？我問。

她解開睡衣的鈕扣，企圖用渾圓的成熟來攫取我的理智。

我撥轉身，毅然離去。

躑躅在午夜的長街，看彩色的霓虹燈相繼熄滅。最後一輛電車剛從軌道上疾駛而過。夜總會門口有清脆的醉笑傳來。我想喝些酒，過馬路時，驚詫於皮鞋聲的響亮，心似鹿撞。然後被熱鬧的氣氛包圍了。酒、歌、女人的混合，皮鼓聲在青煙中捕捉興奮。當侍者第三次端酒來時，我見到一對熟悉的眸子。

——是你？司馬莉問。

——是的。

——一個人？

——我是常常一個人到這裏來的。

——跳舞？

——不會。

——既然不會跳舞，何必到這裏來？

——喝酒。

——請我喝一杯？

——不請。

——為甚麼這樣吝嗇？

——像你這樣的年齡，連香菸都不應該抽。

——你記得嗎？

——甚麼？

——如果我沒有決心的話，我已經做母親了！

說著，她向侍者要一杯馬提尼雞尾酒。然後她向我提出幾個問題。她問我住在甚麼地方；我說就要搬了。她問我還寫武俠小說不，我說不寫了。她問我有沒有找好知心的女朋友，我說沒有。她問我是不是像過去那樣喜歡喝酒，我說醉的時候比較少。最後談到司馬夫婦，她說：

——到澳門賭錢去了。

司馬莉是一個性格特殊的女孩子，猶如郵票中的錯體，不易多見。當她發笑時，她笑得很大聲。當她抽菸時，她像厭世老妓。現在，她的父母到澳門去了，她的興奮，與剛從籠中飛出的鳥雀並無分別。

盛開的玫瑰不怕驟雨？

三杯馬提尼孕育了膽量。

她拉我走入舞池。我不會跳。我們站在人叢中，互相擁抱。我不知道這是甚麼力量；可能是「色生風」將我們吹在一起了。第一次，我淺嘗共舞的滋味，獲得另外一種醉，辨不出懷中的司馬莉是貓還是蛇？

在沉醉中，沒有注意到那些吃消夜的人甚麼時候離去。當樂隊吹奏最後一曲時，已是凌晨兩點。

——到我家去?她問。

——不。

——到你家去?她問。

——不。

挽著這過分成熟的少女走出夜總會，沿著人行道漫步。我心目中並無一定的去處，祇是不願意回家。空氣是免費的，黑暗也在孕育膽量;但是我祇有三分醉意，無意用愛情的贗品騙取小女的真誠。

一切都是優美的，祇要沒有齷齪的思想。

司馬莉的眼睛裏有狂熱在燃燒。(十七歲的慾念比松樹更蒼老。)我打了個寒噤，以為是海風，其實是感情上的。

海很美。九龍的萬家燈火很美。海上的船隻很美。司馬莉也很美。

(但是她的慾念卻患著神經過敏症，我想。我從她那裏能夠獲得些甚麼?她從我處又能得到些甚麼?)

她不像是一個寂寞的女孩子，然而她的表現，比寂寞的徐娘更可怕。

——時候不早了，我說。送你回家?

——好的。

她的爽朗使我感到驚奇，卻又不能求取解釋，坐在車廂裏，我發現她誤會了我的意思。我不能告訴她；那是不會結果的花朵，我必須保持應有的冷靜。她變成一匹美麗的獸了，喜歡將愛情當作野餐。我不想向魔鬼預約厄運，但願晚風不斷吹醒我的頭腦。夜是罪惡的；唯夜風最為純潔。

抵達司馬家門口，司馬莉用命令的口氣要我下車。我在心裏畫了一個十字，走出車廂，東方泛起魚肚白的顏色，司馬莉的褐色柔髮被晨風吹得很亂。我有點怕，站在門口赼趄不前。

——家裏沒有人，她說。

——天快亮了，我想回家。

——進去喝杯酒。

——不想再喝。

她很生氣，眼睛裏射出怒火，撥轉身，從手袋裏取出鑰匙，啟開門，走入門內，彭的一聲，將大門關上。

（一個「新世紀病」患者，我想。）

（我自己也是。）

雙手插入褲袋，漫無目的地在人行道上踩著均勻的步子。

在大牌檔吃一碗及第粥，東天已出現橙紅色的晨霞。工人們皆去渡輪碼頭，微風吹來街市的魚腥。（四個女人都是新世紀病患者，我想。）

我決定搬家。

我決定集中精神去辦《前衛文學》。

回到家裏，衹有王實一個人坐在客廳裏啜泣。

——為甚麼又哭？

——阿媽被他們抬到醫院去了。

——為甚麼？

——她喝了半瓶滴露。

18

我在銅鑼灣一座新樓裏找到一個梗房，7×8，相當小，有兩個南窗。包租人姓雷，是一對中年夫婦，沒有孩子，卻有一個白髮老母。雷先生做保險生意，單看客廳的陳設，可以知道他的收入不壞。雷太太很瘦，但談吐斯文。至於那位老太太，舉動有點特別，常常無緣無故發笑；常常無緣無故流眼淚。

19

《前衛文學》的準備工作做得很順利，登記證已借到；荷門也從他的母親處拿到五千塊錢。荷門約我在「大丸茶廳」飲下午茶，討論了幾個問題。

關於雜誌第一期的稿件，我開出一張假想目錄：

（A）翻譯部分，擬選譯下列諸佳作：（一）格拉蒙的〈我所知道的普魯斯特〉；（二）喬也斯書簡；（三）湯瑪士•哈代未發表的五首詩；（四）愛德華的〈史湯達在倫敦〉；（五）亨利•詹姆斯的〈論娜娜〉；（六）高克多的短篇小說〈人類的聲音〉；（七）辛尤的短篇小說〈一個未誕生者的日記〉。

（B）創作部分，好的新詩與論文還不難找到，祇是具有獨創性而富於時代意義的創作小說不容易找。

麥荷門主張寧缺毋濫，找不到優秀的創作，暫時就不出版。依照他的想法，中國人的智力如果不比外國人強也絕不會比外國人差。問題是：我們的環境太壞，讀者對作者缺乏鼓勵，作者為了生活不能不撰寫違背自己心願的東西。假如每一個有藝術良知分的作者肯信任自己的潛力，不畏任何阻力，漠視那些文氓的惡意中傷，勇往直前，正在衰頹的中國文藝也許可以獲得復興的機會。

——我無意爭取那些專看武俠小說或性博士信箱的讀者，荷門說。如果這本雜誌出版後祇有一個讀者，而那一個讀者也的確從這本雜誌中獲得了豐富的營養素，那末我們的精力與錢財也就不能算是白花了。這是我們的宗旨，即使將所有的資本全部蝕光，也絕不改變。香港有學問、有藝術良知、有嚴肅工作態度的文人與藝術家並非沒有，祇是有堅強意志的文藝工作者就不多了。你自己就是一個很好的例子，以你的智力與才氣是不難寫一些好作品出來的，但是你缺乏堅強的意志。你不能挨餓；又不堪那些無知的奚落，為生活，你竟浪費了那麼多的精力。現在，辦這個《前衛文學》，我是準備丟掉一筆錢的，沒有別的目的，祇希望能形成一種風氣，催促有藝術良知者的自覺。

這一番話，出諸荷門之口，猶如一篇發刊詞。我是深深的感動了。

我點頭。

然而麥荷門希望我用深入淺出的手法，另外寫一篇論文，闡明文藝工作者為甚麼必須探求內在真實；提到〈發刊詞〉，他要求我在這篇文字中對五四以來的文學成敗作一不偏不倚的檢討，同時以純真的態度指出今後文藝工作者應該認清的正確方向。

在真實。

此外，對於現階段的中國新詩，荷門要我發表一點意見。

我說：

——新詩的道路不止一條。我反對押韻，因為韻律是一種不必要的裝飾。我反對用圖像來加濃詩的繪畫性，因為這是一種不必要的賣弄。我認為格律詩已落伍，圖像詩也不是正常的道路。音樂家在答覆外在壓力時，很自然地訴諸於音符；畫家在答覆外在壓力時，很自然地訴諸於顏色；詩人在答覆外在壓力時，應該很自然地訴諸於文字。過分的矯作，有損於詩質與詩想的完整。

——關於新詩的難懂，你的看法怎樣？荷門問。

——尋求這個問題的答案之前，必須知道詩是怎樣產生的，我說。詩人受到外在世界的壓力時，用內在感應去答覆，詩就產生了。詩是一面鏡子。一面蘊藏在內心的鏡子。它所反映的外在世界並不等於外在世界。這種情形猶之每一首詩旨含有音樂的成分；卻並不等於音樂。內心世界是一個極其混亂的世界，因此，詩人在答覆外在壓力時，用文字表現出來，也往往是混亂的，難懂的，甚至不易理喻的。

——如果那首詩是不易理喻的，教讀者如何去接受？荷門問。

——不易理喻並非不可理喻。詩人具有選擇的自由。他可以選擇自己的語言。那種語言，即使不被讀者所接受；或者讓讀者產生了另外一種解釋，都不能算是問題。事實上，詩的基本原理之一，就是讓每一位讀者對某一首詩選擇其自己的理解與體會。
——如此說來，我們就可以不必憑藉智力去寫詩了？
——有一種超現實詩是用不合邏輯的文字堆砌而成的，旨在表現幻想與潛意識的過程。胡適稱之為不重理性的詩，其實卻是純心靈的、不可控制的表現。我認為：難懂的詩是可以接受的；不懂的詩必須揚棄。
——你的意思：詩人仍須用理智去寫詩？
——是的。在探求內心真實時，單靠感覺，或無理可喻的新奇，是走不出路子來的。
——對於新詩，你的看法怎樣？
——第一，新詩要是出現差不多現象的話，是可憂的。第二，應該注意語法。第三，詩人們字彙不夠。詩人們似乎特別喜歡選用某些慣用的名詞。第四，大部分詩作過分缺乏理性。第五，詩人刻意追求西洋化的新奇，甚至在詩中加插外國文字，忽略了詩的民族性——。不過，我的看法很膚淺，未必對。
——我們的《前衛文學》是不是也選登新詩？
——詩是文學的一個部門，不能不登。
——對於詩的取捨，《前衛文學》將根據甚麼來定標準？
——祇要是好的，全登。我們不能像某些詩刊，專登標新立異而違反語言組織的新詩；更不能像香港某些《青年園地》式的文藝雜誌，專登無病呻吟的分行散文。總之，詩的道路不止一條，祇要是具有獨特個性的詩作，絕對刊登。

——具有獨特個性這句話，是不是指完全不受西洋文藝思潮的影響？

——不。我的意思是：我們可以吸收西洋文學的精髓，加以消化，然後設法從傳統中跳出，創造一個獨特的個性。

——這是我們選詩的態度？

——這是我們選稿的態度。

麥荷門贊成用這種態度去選稿，祇是擔心佳作不易獲得。我建議先作一次廣泛的徵稿工作，然後決定出版日期。

麥荷門主張請老作家們寫一些創作經驗談之類的文章。

理由是：可以給年輕的作家們一點寫作上的幫助。

——舉一個例，他說，有些年輕作者連第一人稱的運用都不甚瞭解，總以為文章裏的「我」必須是作者自己。其實，這是一種錯誤的想法。魯迅用第一人稱寫《狂人日記》，文章裏的「我」，當然不是魯迅。否則，魯迅豈不變成狂人了？前些日子，報館有位同事跟我談論這個問題，我說：一般人都以為《大衛・考伯菲爾》是狄更斯的自傳體小說，但是我們都知道大衛・考伯菲爾並不等於狄更斯。後者雖然將自己的感情與生命借了一部分給大衛，然而大衛與狄更斯絕對不是一個人。

——這是膚淺的小說原理之一，何必浪費篇幅來解釋？我們篇幅有限，必須多登有價值的文字，像你提出的「第一人稱」的問題，祇要是有些閱讀經驗的人，不會不瞭解。你的那位同事一定是看慣了章回體小說或武俠小說的，才會有這種看法。我們不必爭取這樣的讀者。如果他連這一點都弄不清楚的話，怎麼能夠希望他來接受我們所提倡的新銳文學？

麥荷門點點頭，同意我的看法。

談到封面設計，我主張採用最具革命性的國畫家的作品：

——趙無極或呂壽琨的作品是很合雜誌要求的。他們的作品不但含有濃厚的東方意味；而且是獨創的。他們繼承了中國古典繪畫藝術的傳統，結果又跳出了這個傳統，寫下與眾不同的畫卷，不泥於法，不落陳套，具有革命性，每有所成，都是前人所不敢想像者。我們創辦的《前衛文學》，既以刊登新銳作品為宗旨，那麼以趙呂兩氏的作品作封面，最能代表我們的精神。

麥荷門並不反對這個建議，但是他怕一般讀者不能接受。

——我們無意爭取一般讀者，我說。我們必須認清目前世界性的文藝趨勢。探求內在真實，不僅是文學家的重任，也已成為其他藝術部門的主要目標了。不說別的，單以最近香港所見的兩個例子：（一）柏林芭蕾舞團來港演出，節目單上原有一個題名《抽象》的舞蹈，雖然臨時抽出，但也可以說明舞蹈的一項新趨勢；（二）匈牙利四重奏在港演奏時，也表現了 webern 的抽象畫式的樂章。作曲家用最簡短的聲音來傳達他的思想。至於其他藝術部門，如繪畫，如雕塑，如文學……抽象藝術早已成為進步者的努力方向了。所以，儘管一般讀者不願意接受抽象國畫，我們卻不能讓步。

麥荷門點上一支菸，尋思半晌，說：

我不反對用文字去描繪內心的形象；但是，我們不應該刊登那些怪誕的文字遊戲。

20

我的新居是個清靜的所在。這一份清靜，使我能夠很順利地去做小說的實驗工作。我企圖用三個空間去表現一個女人的心，雖與理想仍有距離，卻已完成了一半。我並未戒酒，然而大醉的情形已經很久沒有發生了。雷氏夫婦待我很好；那位老太太的舉動卻使我感到了極大的驚奇。她常常自語。她常常將自己關在臥房裏，不開電燈，呆呆地坐在黑暗中。她常常發笑。她常常流眼淚。我以此詢問雷氏夫婦，他們總以嘆息作答。有一天，雷氏夫婦到中環一家酒樓去參加友人的壽筵，家裏祇賸阿婆和我兩個。

我正在寫稿，雷老太太進來了。

——新民，你不要太用功，她抖聲說。

回頭一看，老太太的笑容含有極濃的恐怖意味。那一對無神的眼睛，猶如兩盞未扭亮的電燈。牙齒是黃的。一隻門牙已掉落，看起來，極不順眼。銀灰的頭髮，蓬蓬鬆鬆，像極了小販出售的棉花糖。

——老太太，我是這裏的房客。我不是新民。

老太太用手指扭亮眼睛，站在我面前，上一眼，下一眼，不斷打量。她不說話，我也不說話。很久很久，淚珠從她的臉頰簌簌滾落。

一種不可名狀的感覺，如同火焰一般，在我心中燃燒。我逼得擱下筆，更換衣服，到外邊去找個地方喝酒。我想忘掉自己。當夥計端威士忌來時，思想伸展它的雙臂。現在爵士的節奏似魚般在空中游泅，然後是一對熟悉的眼睛。

——很久不見了，她說。

——是的，很久不見了。

——今晚有空嗎？

（她又向我推銷廉價的愛情了，我想。）香港到處都有廉價的愛情出售，但是我怕陽光底下的皺紋。我祇能請她喝一杯酒，欣賞那並不真實的笑容。

——你誤會了，她說。

——誤會甚麼？我問。

——我的意思是：如果你今晚有空的話，我想介紹一個人給你認識。

——誰？

她仰起脖子，一口喝盡，瞇細眼睛，說出四個字：

——我的女兒！

（多麼醜惡的「貢獻」！一個年華消逝的徐娘，自己不能用脂粉掩飾蒼老，竟想出賣女兒的青春了。）

我吩咐夥計埋單，以憤怒否定不自然的偽笑。街是一個夢魘，獸性與眼之搜索，以及汽車的喇叭聲，形成一幅光怪陸離的圖畫。情感是個殘廢者，魔鬼在獰笑。當我回到家裏時，雷老太太已睡；雷氏夫婦則在客廳裏交換對壽筵的觀感。我心裏有個問題，必需求取解答。

——誰是新民？

聽了我的話，雷氏夫婦的眼睛裏出現了突然的驚醒。

——我哥哥的名字叫新民。

——現在哪裏？

——在重慶的時候給日本飛機投彈炸死了。

接著，雷先生進入臥房，拿了一張退色發黃的照片出來。說：

——那時候，他才二十出頭，剛從重慶大學畢業出來，在資源委員會當科員。他沒有結過婚，天資非常聰慧。家母最疼愛他，所以……

21

我醉了。

（聖誕節已過。今天吹和緩或清新的東南風至東北風。司機偕少女闢室做愛。南華打㩒警察。再過兩天又要賽馬了。再過兩天就是陽曆元旦。）

（代表們又去菲律賓開會了。菲律賓是個有歌有酒有漂亮女人的好地方，代表們預定要到碧瑤去走一趟的。碧瑤風景好，氣候也十分涼爽，說是避暑勝地，倒也十分適宜於獵艷。代表們頭銜眾多，代表了香港；又代表中國。有沒有作品，那是另外一件事，但是身上不可不佩金筆套的派克六十一型。）

（代表們此番遠征南洋，責任重大，不但要討論所謂「傳統性」；還要討論所謂「現代風」。）

（記得幾年前，有一位佩著派克六十一型的「代表」到倫敦去開會。有人問他：對於詹姆士・喬也斯的作品有甚麼意見？他立刻擺出一副面孔不好惹的神氣，扁扁嘴，掃清喉嚨後說：「我不大留意新作家！」）

（現在，這批既代表香港又代表中國的「作家們」浩浩蕩蕩前去菲律賓討論「傳統性」與「現代風」了！）

（這個問題是應該討論的，但是為甚麼到今天才研究？是不是纏小腳的老嫗到了香港也想穿一對高跟鞋現代化一番？或者纏小腳的老嫗覺得高跟鞋太不方便，索性舉起「復古」的大纛，要全港女性全體纏足，作為招徠外國遊客的一種「特色」？）

（記得幾年前，代表們要到外國去開會，沒有盤纏，到處乞求，好不容易弄來八百美金，結果因分贓不勻而——）

（代表們雖然沒有作品，但是洋涇濱英文倒還可以勉強講幾句的，等到亞洲「俊彥」們濟濟一堂時，穿上舉世聞名的、香港裁縫手製的、筆挺的西裝，插上金筆套派克六十一型，走上講台，對準麥克風，李白長杜甫短地亂扯一通，包管洗耳恭聽的「俊彥」們佩服得拍爛手掌。）

（代表們是很想使中國文藝能夠「復興」的，但是開會，找美金，上館子，玩女人，用金筆套的派克六十一型簽名……似乎更多刺激。）

（有的代表們連「傑克・倫敦」的名字都沒有聽過。）

（不知道「傑克・倫敦」還不要緊；因為此次開會的地點究竟不在美國，要是忽然有人問他們對 Juan Ramón Jiménez，的作品有何意見時，如果他們也像上次一樣答以「不大留意新作家」，豈不又要笑死外國人？）

（代表們代表香港的中國作家。）

（香港是一塊文化沙漠嗎？不見得。如果實在選不出可以代表的「代表」出來，不如選幾位武俠小說作家來代表一下倒比較像樣一些。最低限度，他們都是有作品的作家。）

（香港真是一個怪地方。沒有作品的「作家」們居然坐了飛機到外國去開會討論所謂「傳統性」與所謂「現代風」了。）

（不知道那班將喬也斯當新作家的「代表」們在討論所謂「現代風」時，將發表些甚麼宏論？）

（香港的天氣已轉冷；但是菲律賓的氣溫仍有八十多度。站在椰樹底下，眼望海水在落日光中泛起金黃色的魚鱗，耳聽七絃琴的叮咚聲，手摟菲律賓少女的柳腰，做些違反「傳統」的舉動出來，總比坐在香港的寫字樓裏刺激得多。）

（是的，代表們又去菲律賓開會了。菲律賓是個有歌有酒有漂亮女人的好地方。）

（誰說我們的「作家們」沒有成就？單以這一次的會議來說，我們就有兩個「代表團」：一個代表中國作家；另一個代表香港的中國作家。）

（以此類推，將來再開會時，我們如果派出三十個代表團，也不能算是一樁可驚的事。我們在派出代表中國的代表團以及代表香港中國作家的代表團之外，要是興致好，盡可以再派一些代表馬來亞中國作家的代表團；代表新加坡中國作家的代表團；代表婆羅洲中國作家的代表團；代表巴西中國作家的代表團；代表巴拿馬中國作家的代表團；代表危地馬拉中國作家的代表團；代表南非中國作家的代表團；代表加拿大中國作家的代表團；代表千里達中國作家的代表團；代表秘魯中國作家的代表團——屆時，我們就可以否定《優力西斯》與《追憶逝水年華》的文學價值了，斥它們是左道旁門，斥它們標新立異，甚至斥它們是「他媽的」作品；然後通過「全世界愛好文學的同志們必須熟讀唐詩宋詞」的議案，並授意瑞典科學院的十八位委員，將諾貝爾文學獎金頒發給中國的八股文「作家」。）

（這不是夢想。）

（如果沒有作品的「作家」們想稱霸世界文壇，祇要多付些路費，就可以暢所欲為了。）

（所以，代表們又去菲律賓開會了。聖誕節已過，今天吹和緩或清新的東南風至東北風。司機偕少女闖室做愛。南華打垮警察。再過兩天又要賽馬了。再過兩天就是陽曆元旦。）

我醉了。

22

縫紉機的長針，企圖將腦子裏的思想縫在一起。這是醉後必有的感覺，雖難受，倒也習慣了。翻身下床，眼前出現一片模糊，迷惑於半光圈的分裂。（我應該戒酒，我想。）拉開百葉簾，原來是個陰霾的早晨。嘴裏苦得很，祇是不想吃東西。一種莫名的惆悵，猶如不齊全的砌圖，使我感到莫名的煩惱。天氣轉冷了，必須取出舊棉襖。香港人一到冬天，就喜歡這種特殊的裝束：一件短棉襖，西裝褲，皮鞋，解開領扣，露出雪白的西裝襯衫，還往往打了一條花式別緻而顏色鮮艷的領帶。我去南洋時，早已將冬季的西服與大衣轉讓給別人。回來後，沒有錢做新的，就在西環買了這件舊棉襖，熬過好幾個冬天。香港的冬天比夏天可愛得多，說是冷，卻永遠不會下雪。作為一個來自北方的旅客，我對香港的冬天卻有特殊的好感。於是打了一個電話給張麗麗。那個有遲起習慣的女人一聽到我的聲音就大發脾氣，說是昨晚參加除夕派對，直到天亮才回家的。我原想向她借一些錢，沒有勇氣開口，就將電話擱斷。我嘆了一口氣，正感無聊時，有人用手輕叩門扉。拉開門，原來是雷老太太，她手裏端著一碗豬肝粥，說是剛剛煮好的，應該趁熱吃下。我不想吃，但是她的眼眶裏噙著晶瑩的淚水。她說：

——新民，你怎麼還是這樣固執。這豬肝粥是很有益的，聽媽的話，把它吃下了。

（可憐的老人，我想。她竟把我當作她的兒子。其實，我自己也未嘗不可憐，單身單口，寄生在這個小小的島嶼上，變成一個酒鬼，企圖逃避現實，卻又必須面對現實。）

我吃下一碗豬肝粥。

我吃下一碗溫暖。

那是一個精神病者的施捨，卻使我有了重獲失物的感覺。

翻開報紙，才知道這是賽馬的日子，我是非常需要一點刺激的，然而刺激在香港也是一種奢侈品。

在「港聞版」裏，看到一則花邊新聞：一個十七歲的女孩子，跟一個四十二歲的中年人發生了關係，她的父母很生氣，將那個中年人抓入警局。女孩子對此大表不滿，居然要走去報館刊登啟事，宣布脫離家庭。報館當局見她尚未到達合法年齡，拒絕接受。

這個女孩子就是司馬莉。

我嘆了一口氣，忽然想起貓王，扭腰舞，占士甸，莎岡的小說，西印度群島的落日，雀巢髮型，新世紀病，亞熱帶的氣候……

將報紙往桌面一擲，點支菸，吸兩口，又將長長的菸蒂撳熄在菸灰碟裏。

稍過些時，我發現感情打了個死結。站在怡和街口。那是一個熱鬧的地方。即使是上午，一樣擠滿了來來往往的行人。汽車排成長龍，馬迷們都想早些趕到快活谷。

我沒有錢。

趕去麗麗家。麗麗剛起身，沒有搽粉的面孔仍極嫵媚。

——要多少？她問。

——三百。

她不再開口，站起身，走入臥房，拿了三百塊錢給我。

馬場的餐廳特別擁擠，找到空位後，發現鄰座有一對熟悉的眼睛。

那是楊露。

在陽光的反映下，這頭荒唐的小貓有著蠱毒似的嫵媚。我喜歡她的笑容，因為它透露了青春的祕密。

——六點一刻，我在「美施」等你，她說。

——你的男伴呢？

——我當然有辦法打發他的。

楊露向我講述她的故事。

楊露有一個嗜賭的父親。

楊露有一個患半身不遂症的母親。

楊露有兩個弟弟和兩個妹妹。

楊露的父親在賭枱輸去五百塊錢，付不出，當場寫了一張借據給別人，一直無法還清這筆債，衹好聽從包租婆的勸告，逼楊露下海做舞女。

楊露不會跳舞，走進跳舞學院去學。

楊露還沒有學會慢四步，已經不是一個少女了。那個教跳舞的是個色鬼，在咖啡裏放了些「西班牙蒼蠅」之類的粉末，要楊露喝下。

楊露很氣，但是生米已經煮成熟飯。當楊露學會華爾滋的時候，教跳舞的又在勾引別的女孩子了。

楊露下海時，並無花牌。

楊露年紀輕。許多上了年紀的舞客都喜歡從她身上找回失去的青春。

楊露賺了不少錢，但是完全沒有積蓄。她的父親比過去賭得更凶，天九、馬將、跑馬、十三張、沙蟹……沒有一樣不賭。楊露收入最好的時候，她的父親到澳門去了。

楊露的母親常常哭，說是自己運氣不好，嫁了這樣一個不中用的丈夫。

楊露的弟弟妹妹也常常哭，說是別人都有好的東西吃和好的東西玩，他們沒有。

楊露不喜歡看母親流淚；也不喜歡看弟弟妹妹們流淚。因此，常常遲歸。如果有年老的舞客想獲得失去的青春，楊露是不會拒絕的。

楊露就是這樣的一個舞女。從外表看，她不會超過十六歲，但是她有一顆蒼老的心。

楊露也有慾望，也有要求。

楊露憎厭年輕男人，一若對老年人的憎厭。她喜歡中年人，喜歡像我這樣的中年人。

楊露對我們第一次見面時的情景記得特別清楚。她記得我曾經對她說過的每一句話語。她說她喜歡聽我講話。

楊露向侍者要了一杯拔蘭地；而且要我也多喝幾杯。看來，她是很會喝酒的。

楊露要和我鬥酒。我當然不會拒絕。

楊露的酒量跟她的年齡很不相襯。當她喝得越多時，她的笑聲越響。

楊露就是這樣的一個舞女。

（楊露與司馬莉，兩個早熟的女孩子，我想。但在本質上卻有顯著的不同。楊露是個被侮辱與被損害者；司馬莉是個自暴自棄者。我可以憎厭司馬莉，卻不能不同情楊露。如果楊露企圖將我當作報復的對象，我應該讓她發洩一下。）

一杯。兩杯。三杯。

眼睛是兩塊毛玻璃，慾望在玻璃後邊蠕動。慾望似原子分裂，在無限大的空間跳扭腰舞。一隻尚未透紅的蘋果，苦澀的酸味中含有百分之三的止渴劑。

（她的皮膚一定很白很嫩。我想。她不會超過十六歲；祇是眼圈塗得太黑。）

當她抽菸時，我彷彿看到了一幅猥褻的圖畫。我不知道這是故事的開始抑或故事的結束。我心裏邊有火焰在燃燒；害怕荒唐的小貓看出我的心事。

——再來兩杯馬推爾。

眼睛變成兩潭止水，忽然泛起漣漪。不知道那是喜悅；還是悲哀。

枯萎的花瓣，露水使它再度茁長。

一個戰敗的鬥士，陽光孕育他的信心。冬夜的幻覺，出現於酒與元旦共跳圓舞曲時。她笑。我也笑了。然後我們在銅鑼灣一家夜總會裏欣賞喧囂。

站在舞池裏，這頭荒唐的小貓竟說了許多大膽的話語。

她是一條蛇。

我的手指猶如小偷一般在她身上竊取祕密。她很瘦，背脊骨高高凸起。

思想給鼓聲擊昏了，祇有慾望在舞蹈。我貪婪地望著她，發現戴著花紙帽的圓面孔，具有濃厚的神話意味。

純潔的微笑加上蛇的狡猾。

我必須求取疑問的解答，各自喝了一杯酒。當我們在一家公寓的房間裏時，她將自己嘴裏的香口膠吐在我的嘴裏。她笑得很頑皮；但是我不再覺得她稚嫩了。我是一匹有思想的野獸，思想又極其混亂。在許許多多雜亂的思念中，一個思念忽然戰勝了一切：我急於在一個十六歲的女孩子身上做一次英雄。

23

擱斷電話，我開始撰寫發刊詞。關於這篇文章我想說的話很多，但是提筆時，又不知從何寫起了。按照過去談過的內容，這篇發刊詞應該包括下列兩要點：（一）對五四以來的文學成敗作出不偏不倚的檢討；（二）以誠真的態度指出今後文藝工作者應該認清的文藝新方向。

在有限的篇幅中，企圖用扼要而簡明的文字來解答這兩個課題，實在不是容易的事。我本來的意思是站在超然的立場檢討一下五四以來的作品，最低限度，也可以讓年輕一代對幾十年來文學工作者的努力能夠獲得一個清晰的概念。譬如說：在過去幾十年中，我們也曾產生過像曹禺那樣傑出的劇作家。他的《雷雨》、《日出》，應該被認作五四以來最大的收穫。此外，魯迅的《阿Q正傳》無疑是一個傑作，可以與海明威的《老人與海》相提並論。長篇小說方面，李劼人的《死水微瀾》、《暴風雨前》、《大波》寫得很不錯，應該受到重視。我們的新詩一直在摸索中，直到近幾年，才出現了像瘂弦這樣的新銳詩人。至於短篇小說，沈從文是最大的功臣。由於他的耕耘，奇葩終於茁長在荒蕪的園子裏。

至於今後文藝工作者應該走甚麼路線，我認為：下列諸點是值得提出的：首先，必須指出表現錯綜複雜的現代社會應該用新技巧；其次，有系統地譯介近代域外優秀作品，使有心從事文藝工作者得以洞曉世界文學的趨勢；第三，主張作家探求內在真實，並描繪「自我」與客觀世界的鬥爭；第四，鼓勵任何具有獨創性的、摒棄傳統文體的、打破傳統規則的新銳作品出現；第五，吸收傳統的精髓，然後跳出傳統；第六，在「取人之長」的原則下，接受並消化域外文學的果實，然後建立合乎現代要求而能保持民族作風民族氣派的新文學。

這樣的「轉變」，旨在捕捉物象的內心。從某一種觀點來看，探求內在真實不僅也是「寫實」的，而且是真正的「寫實」。

過去，文學家企圖用文字去摹擬自然，所得到的效果，遠不及攝影家所能做到的。今天，攝影之不能代替繪畫，正因為現代繪畫已放棄用油彩去摹擬自然了。

換句話說：今後的文藝工作者，在表現時代思想與感情時，必放棄表面描摹，進而作內心的探險。

最後，在提到《前衛文學》的選稿標準時，我寫了這麼幾句：我們不注重「名」，祇看作品本身，如果作品具有獨創性與挑戰性，縱然是處女作，也樂於刊登。

〈發刊詞〉寫到這裏，已有七張稿紙，雖未盡意；較之一般〈發刊詞〉，算是長的了。

擱下筆，點上一支菸。將全文重讀一遍，覺得很草率。於是打一個電話給荷門，請他寬限兩天發排，俾我獲得充分的時間去修改。荷門反對再拖，一定要我將稿子先發下，然後校小樣時再改。

——晚上不出街？他問。

——現在已經是下午四點了，為了趕寫〈發刊詞〉，中飯都沒有吃。

——這樣吧，你現在出來，我請你到「松竹」去吃東西，然後一同去印刷所，介紹工頭跟你相識，並將〈發刊詞〉發給他們。吃過東西，希望你回家去將格拉蒙的〈我所知道的普魯斯特〉譯出。

——你把我當作一條牛了。

——從事文學工作的人，都需要牛的精神。

擱斷電話，撥轉身，發現雷老太太站在我的面前，手裏端著一碗熱氣騰騰的蓮子羹。她說：

——新民，你連中飯都沒有吃，這是剛剛燉好的，吃了出街。

24

格拉蒙的〈我所知道的普魯斯特〉是《格拉蒙回憶錄》中間的一段，從未發表過，用法文撰寫，由約翰・羅素譯成英文，發表在《倫敦雜誌》上。在這篇文章裏，格拉蒙敘述他於一九〇一年第一次結識普魯斯特的情景；同時回憶普魯斯特病危時打給他的最後一次電話。此外，格拉蒙還提及他的妹妹伊莉莎白在一九二五年寫的那本《孟德斯鳩與普魯斯特》。這是一本重要的著述，它對前者給青年普魯斯特的影響有非常精細的分析。

「普魯斯特逝世後，」格拉蒙這樣寫：「他的著作變成很多新作家的靈感。許多作家，不乏著名人士，開始研究普魯斯特，分析他的作品，及於最小的細節……」

普魯斯特就是這樣的一個巨人。《前衛文學》能夠在創刊號譯出這篇重要的回憶錄，應該被視作一個非常適當的挑選。

此外，我還準備選譯幾封喬也斯的書簡，配合在一起，可以讓讀者對二十世紀的兩位文學巨人獲得進一步的認識。

（如果本港的文藝工作者對撰寫《頌揚愛情的詩集》之類的作家感到「茫然」的話，是絕對不會變成笑話的；但是作為本港中國作家的「代表」就不能對「二十世紀最偉大的文學天才之一」詹姆士・喬也斯一無所知——我想。）

（作家在革命時代的最大任務應該是表現時代，反映時代，刻畫處於這一時代的物象的內心，並對精神世界作大膽的探險。時代與環境給與作家的責任，絕不是歌頌愛情。這裏是一首刊於《頌揚愛情的詩集》封面上的代表作：

走去找那個女人對她說：
我要跟你生活在一起——
跪在她腳邊因為她還年輕
而且漂亮。
不要撫摸她，當她的眼睛
望著你。
…………
啊！她是年輕又極漂亮，她的手
在你髮間，
現在不要怕她，噢現在好好地撫摸她！

她已接受你。

（如果有人詢問此間文藝工作者對這樣的「詩」，或者這樣的詩人，有何意見時，即使「茫然」，也絕不是可恥的事情。——我想。）

（詹姆士・喬也斯被嚴肅的批評家一致公認為二十世紀最具影響力的傑出作家，是鐵一般的事實，誰也無法加以否認。許多優秀的作家們如浮琴尼亞・吳爾芙，如海明威，如福克納，如帕索斯，如湯瑪士・吳爾夫等等，都在作品裏接受他的影響。喬也斯在世界文學史上的地位，如果不比畢加索在世界繪畫史上的地位更高，至少也應該被視作相等的。試問：一個參加國際性繪畫會議的香港中國代表，如果連畢加索的名字都沒有聽見過的話，豈不是天大的笑話？）

（假定那個國際性繪畫會議討論的主題第一項是：「繪畫中的傳統與現代性」，而香港的中國「代表」們對畢加索又「多屬茫然」，等到正式開會時，「代表」們又將發表些甚麼樣的意見呢？）

（這是資格問題。）

（「代表」們是以代表香港這一地區去參加會議的。如果「代表」們在別國代表們面前出了醜，香港居民都有權提出抗議。「代表」們是代表香港這一地區的，「代表」們在國際場合中說錯了話，等於香港全體居民說錯了話。）

（假定這一次舉行的是埠際足球賽，我們在遴選代表時，為了某種關係，故意不選姚卓然，黃志強，劉添，黃文偉等等球技卓絕的球員作為香港的代表，反而糊裏糊塗選了一些專踢小型足球的人湊成一隊，前往外地比賽，結果大敗而歸，丟盡香港人的面子，那個領隊人不但不准別人指出弊端；還沾沾自喜地說：「除了我本人是領隊外，其餘諸位有的是積數十年經驗的老球員，有的是練球甚勤的年輕朋友，總還不至於像某些人所指摘的，是不踢球的球員。」）

（……唉！這些事情，不想也罷。香港是個商業社會，祇有傻瓜才關心這種問題。我是傻瓜！我是傻瓜！我是傻瓜！）

客廳裏的電話鈴響了，我似夢初醒地走去接聽。是麥荷門打來的，問我格拉蒙那篇文章有沒有譯好。我說：

——剛著手譯了五百個字，就被一些問題侵擾得無法靜下心來。

——明天排字房趕著要排的，我怕你又喝醉了，所以打個電話提醒你。

——我沒有醉，不過，現在倒很想喝幾杯了。現實實在太醜惡，我想暫時逃避一下。

——沒有一個人能夠逃避現實，除非死亡。我們還有更嚴肅的工作要做，你不能一開始就消極。

——今天晚上，我心緒很亂，無法再譯稿了。

——不行，你必須將格拉蒙那篇文章譯出來，明天拿去印刷所發排。

——我心緒很亂。

——這是嚴肅而且有積極意義的工作，必須控制自己，將戰鬥精神集中起來。

——荷門，這個社會完全沒有黑白是非。我們都是傻瓜！我們的《前衛文學》最多維持半年！荷門，我們的《前衛文學》最多維持半年，沒有讀者要讀這樣的雜誌！荷門，讓我坦白告訴你，沒有讀者要讀這樣的雜誌！

荷門不作聲。

很久很久，才聽到他的問話：

——你怎麼啦？

——我想喝酒。

——你不能喝！你必須認清自己的責任！

我覺得……我覺得在此時此地辦嚴肅的文藝雜誌或者從事嚴肅的文藝創作，實在是一件愚蠢的事情！荷門，我灰心了！我勸你懸崖勒馬，將五千塊錢還給你母親。我們自己甘願做傻瓜，這是我們自己的事；可是絕不能利用你母親的善良品性，讓她老人家也變成傻瓜！荷門，《前衛文學》注定是一個短命的刊物，我勸你還是放棄這個念頭吧！在香港，祇有那些依靠「綠背[26]」津貼的刊物才站得住腳，但是「綠背」也有條件：必須販賣古董！時代是進步的，但是冬烘們卻硬要別人跟著他們開倒車！

——正因為這樣，我們必須將《前衛文學》辦出來！

——不，不，我不願意做傻瓜！我決定再寫武俠小說了！如果一個人連生存的最低條件都不能解決時，哪裏還談得上甚麼理想？翻譯五百字格拉蒙的文章，花費了兩個多鐘頭；如果以兩個鐘頭來寫武俠小說，至少可以寫成三千字了。武俠小說具有商業價格，售出了，可以使我繼續生存；但是我們的雜誌卻是不付稿費的。

——你怎麼啦？

——荷門，我很疲倦，想早些休息，有話明天再說。

擱斷電話後，我匆匆下樓去買了一瓶拔蘭地。

（這是一個苦悶的時代，我想。每一個有良知的知識分子都會產生窒息的感覺。）

26「綠背文化」，或稱「美元文化」，即受美國資金所援助的。

25

我做了一場夢。
香港終於給復古派占領了所有愛好新文藝的人全部被關在集中營裏接受訓練
寫新詩的人有罪了全被捆綁起來投入維多利亞海峽
從事抽象藝術的畫家們有罪了全部吊死在彌敦道的大樹上
《優力西斯》變成禁書《追憶逝水年華》變成禁書《魔山》變成禁書《老人與海》變成禁書《喧嘩與騷動》變成禁書《地糧》變成禁書《奧蘭多》變成禁書《大亨小傳》變成禁書《美國》變成禁書《士紳們》變成禁書《黑死病》變成禁書《兒子與情人們》變成禁書《堡壘》變成禁書《蜂窩》變成禁書……
沒有人可以在談話中提到喬也斯普魯斯特湯瑪士曼海明威福克納紀德浮琴尼亞吳爾芙費滋哲羅帕索斯西蒙地波芙亞加謬勞倫斯卡夫卡韋絲特——
違者判死刑

布魯東的《超現實主義宣言》變成違禁品
柴拉的《達達主義宣言》變成違禁品
愛特希密的《表現主義宣言》變成違禁品
馬林納蒂的《未來主義宣言》變成違禁品
勃拉克與畢加索倡導的立體主義也變成違禁品……
所有具有反叛性的文藝思潮全部變成違禁品
所有畢加索奇里訶米羅康定斯基厄斯特馬蒂斯克利的畫（包括複製品）全部變成違禁品
所有藍波肯敏斯阿保里奈爾波特萊爾龐德艾略特的詩作全部變成違禁品
全香港的女人必須全體纏足違者處十年以上有期徒刑
全香港的男人必須全體留辮子違者處十五年以上有期徒刑
不准穿西裝
不准裝電燈
不准看電視
不准聽海菲茲小提琴獨奏
不准看米羅或克利的繪畫
學校取消外文與白話

歷史課本重新寫過說五四運動的結果是章士釗領導的「復古派」獲勝老百姓一律不准用白話文寫作

我做了這樣一場夢。

26

翻閱日報，不一定想看甚麼。無意中看到一則電影院的廣告，原來有一家頭輪戲院正在上映《蝴蝶夢》。我曾經替莫雨寫過一個《蝴蝶夢》的電影劇本，沒有被採用，因此好奇心陡起，頗想看看莫雨編的劇本究竟比我高明多少。根據報上的廣告，這戲是莫雨編導的。（莫雨是個當場記出身的導演，專靠抄襲好萊塢手法來欺騙國語片觀眾，寫一封通順的信都成問題，哪裏有能力執筆寫劇本？）有了這樣的懷疑，我急於看看這部電影了。

荷門打電話來，問我有沒有將格拉蒙那篇文章譯出。我坦白告訴他：

——昨夜又喝醉了。

——你不能這樣自暴自棄！

——荷門，我們的《前衛文學》是沒有前途的。讀者要求讀武俠小說與黃色文字；而我們偏偏要在這個時候辦文學雜誌。我們的固執不但不能開花結子；而且必將招致更大的失望。

——我知道。

——既然知道，何必一定要辦？

——我不想賺錢，因為文學不是商品。

——唯其不是商品，所以一定虧本。

——花五千塊錢而能替中國文學保存一點元氣的話，其價值，已經不是金錢所能衡量的了。我勸你還是多做些有意義的工作，少喝些酒。明天上午，我希望你能夠將文章譯出，盡快送去印刷所。

擱斷電話，內心陷入戰爭狀態。我不知道應該做些甚麼。我可以少喝些酒，卻不願意多做有意義的工作。心煩意亂；生活的擔子早已壓得我透不轉氣。為了生活，我有意撰寫黃色文字。

現在，肚子餓得很。看看錶：中午一點半。下樓，走進茶餐廳，向夥計要了一碟揚州炒飯。飯後，搭車去看《蝴蝶夢》。

出乎我意料之外，這部電影大部分依照我的劇本拍攝，所有分場分鏡，包括對白在內，都與我寫的差不多。但是，我卻一分錢的編劇費也沒有拿到。

電影公司當局絕對不至於這樣卑鄙；問題一定出在莫雨身上。

不付編劇費，還在其次；連片頭都混水摸魚地寫著「莫雨編導」，未免過分。

我與莫雨相識已有二十多年，彼此交往不密，但是對他的為人，倒也相當熟悉。以前，他不是這樣卑鄙的；現在，可能因為在電影圈混得太久，才變得如此狡獪。

在憤怒中，我看完這部《蝴蝶夢》。走出電影院，再也無法遏止內心的激動。打了一個電話給莫雨，第一句便是：

——我剛剛看過《蝴蝶夢》。

——請指教，請指教，他說。

——我覺得劇本很成問題。

——很成問題？甚麼問題？

——這個劇本祇有藝術價值，缺乏商業價格。

莫雨笑了，笑得很勉強。

——老朋友何必說這種話？

——難道你還肯將我當作朋友看待？

——我們是二十多年的老朋友了。

——好，現在，我有困難想請你幫忙解決。

——沒有問題，沒有問題，祇要我做得到，一定幫你。

——直到現在為止，我沒有找到工作，欠了別人一筆債，非還不可。

莫雨頓了頓，問：

——要多少？

——三千。

——這個……這個數目，恐怕……

——怎麼樣。

——能不能減少一點？最近我手頭拮据，三千塊錢不能算是一個小數目，一時很難湊得出來。

——三千塊錢祇是一個劇本的代價。

莫雨又頓了頓，說：

——好，好，我儘量想辦法，過一天，我派人將錢送過來，你還是住在老地方？

——不，我搬了。

我將地址告訴他，擱斷電話，走進鄰近一家茶餐廳，要了一杯威士忌。

（這是一個人吃人的社會，我想。越是卑鄙無恥的人越爬得高；那些忠於良知的人，永遠被壓在社會底層，遭人踐踏。）

當我喝下兩杯酒之後，就想喝第三杯。（人的慾望是沒有止境的。我必須控制自己。我現在的收入全靠《前衛文學》的薪水，其實，說是薪水，倒也像施捨。我不能將一個月的生活費用全部變成酒液喝下。）想到這裏，心似火焚。我對《前衛文學》從未寄予任何希望；如今更不想繼續搞下去了。《前衛文學》是沒有稿費這一項預算的：十分之三的稿件將由我自己執筆。為《前衛文學》寫稿，所費推敲時間是無法估計的。有時候，可能在寫字枱前坐一天而寫不成五百字。

香港的文人都是聰明的。誰都不願意做這種近似苦役的工作。我又何必這麼傻？別人已經買洋樓坐汽車了；我還在半飢餓狀態中從事嚴肅的文學工作。現在，連喝酒的錢都快沒有了，繼續這樣下去，終有一天睡街邊，吃西北風。我得馬上想辦法。我的武俠小說雖然寫不過別人；但是黃色文字是不難寫的，祇要有膽量將男女性生活寫出，一定可以叫座。這是捷徑，我又何必如此固執？現實是殘酷的，不轉變，就不能繼續生存。在別的國家，一個嚴肅的文藝工作者，祇要能夠寫出一部像樣的作品，立刻可以靠版稅而獲得安定的生活。但是，香港的情形就根本不是這麼一回事。所謂「文藝創作」，如果高出了《青年園地》的水準，連代理商也必拒絕發行。於是有才氣，有修養，有抱負的作者們，為了生活，無不競寫庸俗小說了。縱然如此，稍為具有商業價格的庸俗小說，也往往會遭受無恥的盜印商侵奪作者的權益。此間盜印商都與代理商暗中聯成一氣。代理商要求甚麼，這裏的盜印商就偷甚麼。盜印商也設有「編輯部」。僱一批第八流的無恥文人，專門進行偷竊工作。前一個時期，武俠小說在南洋一帶非常暢銷，作者們為了保障自己的權益，必須將寫成的文稿先印成單行本運去南洋；然後開始在香港報紙上連載。但是有能力自費刊印單行本的作者究竟不多，所以大部分作者仍舊無法保有自己應得的權益。其實，即使是有能力自費出版的作者也未必會獲得甚麼好處。如果他的作品銷路不好，虧本的當然是他自己；反之，銷路稍為過得去的，立刻就會出現翻版。作者們自以為已經想出聰明的辦法來了，結果吃虧的還是自己。在香港，在台灣，在星馬以及其他東南亞地區，中國作家的權益是得不到保障的。唯其如此，作者們都不肯從事艱辛的寫作了。）

越想越煩，咬咬牙，向夥計又要了一杯威士忌。

（現階段的文藝工作者如果想保障自己的權益，有一個辦法，雖然笨拙，倒是值得研究的。我認為一個新制度倘能獲得大部分作者同意，將可以保障作者的權益了。作者們聯成一線，傾全力去建立一個讀者向作者直接購書的制度。這樣做，不但作者可以不讓盜印商侵奪他的權益；而讀者也不會遭受不必要的損失。通常，出版者將書籍由代理商推銷，總以七折計算。如果讀者肯直接向作者購書，就可以獲得七折優待了。事實上，代理商根本不過是一座橋梁，他的工作祇是將出版人的書籍放入市場。對於整個文化事業的推進而言，他的地位遠不若作者與讀者重要。但是，在目前這種情形之下，作者的權益給他剝削了；而讀者的負擔卻平白無故地增加了一倍。如果讀者肯直接向作者購書的話，用一本書的代價就可以買到兩本書。況且，作者自費出版作品，版權費可以打得較低，原來定價一元的書，由作者自行印行後，定價祇需九毫，加上七折優待，讀者付出六毫三就可以購得一本平時定價一元的書籍了。不過，在實行這個制度時，盜印商一樣可以盜印作家的作品的，所以讀者們為了想讀便宜書，必須抵制採購翻版書，然後根據報上所刊廣告的地址，直接寫信給作家購買。這樣一來，盜印商就無所用其計了，作者可藉此保障自己的權益；讀者可以減輕一半以上的經濟負擔，同時還不會購進印刷惡劣而錯字百出的書籍。）

（這是一個對付盜印商同時可以打倒「中間剝削」的辦法。表面下，好像笨拙一點，實底子，對讀者作者都有利益。）

（如果全港的作家們聯合起來，採取一致行動，那末，這個不合理的「代理商制度」必可打倒！）

（如果讀者肯不厭其煩的話，作家們就可以不必為了謀稻粱而浪費大部分精力去撰寫庸俗小說、武俠小說或者黃色文字了。）

（不過，這是一個原則，技術上的困難仍多。）

（讀者們必須幫助作者推翻「中間剝削」的制度，藉以產生催生作用，讓具有思想性的、反映時代的作品能夠早日問世。）

想到這裏，我向夥計要了一杯威士忌。我已喝了三杯酒，這是第四杯。

儘管心緒惡劣，也必須適可而止。我吩咐夥計埋單，想回家去休息一下。回到家裏，意外地發現麥荷門坐在客廳裏。

——來多久了？我問。

——一個鐘頭左右。

——對不起，我不知道你會來的，我出去看了一場電影。

——看電影？

——是的，看《蝴蝶夢》。

——這種電影有甚麼好看？格拉蒙的文章譯好沒有？

——對不起，荷門，我……

沒有等我將話說出，荷門就粗聲粗氣說：

——印刷所等著要排稿，你卻走去看電影了。

——這部電影不同，這是我編……唉，何必再提？總之，這是一個人吃人的社會！

——祇要你對自己有信心，別人是無法將你吃掉的。

我無意在荷門面前為自己分辯。他是一個有志向、有毅力而思想極其純潔的青年，對於社會的醜惡面，並無深刻的認識。我雖然受了莫雨的欺騙；卻無意讓荷門分擔我的憤怒。

用鑰匙啟開房門後，我引領荷門進入我的房間，格拉蒙的文章已譯出五百字，依舊攤在枱面。荷門一言不發，將稿紙拿起來閱讀一遍，臉上的怒意消失了。

——譯得很好，信達且雅，他說。

——謝謝你的讚美，不過……我坦白告訴你，我已不想繼續譯下去了。

——為甚麼？

——因為……

我沒有勇氣將心裏的話講出，低著頭，痛苦地抽著香菸，麥荷門一再提出詢問，要我說出中止翻譯的原因。

——為甚麼?他加重語氣問。

——我覺得我們這樣做是很愚蠢的。

——這還用得著說嗎?不過,沒有傻子去阻止文學開倒車,中國還會有希望嗎?

——用這樣薄弱的力量去阻止文學開倒車?

——縱然是螳臂擋車,也應該在這個時候表現一點勇氣。

——你知道我們的雜誌絕不會久長?我問。

——是的,麥荷門答。

——那末,雜誌關門後,我將依靠甚麼來維持生活?

——這是以後的事。

——如果現在不考慮的話,臨到問題發生,祇好坐以待斃。

——香港窮人雖多,餓死的事情好像還沒有發生過。再說,就算現在不辦《前衛文學》,你也不一定有辦法立刻找到工作。

——我打算寫黃色文字。

——你是一個文藝工作者,怎麼可以販賣毒素?

——祇有毒素才可以換取生存的條件!

——如果必須憑藉散布文字毒素才可生存的話,生存就毫無意義了!

——人有活下去的義務。

——必須活得像一個人！

——像一個人？我現在連做鬼都沒有資格了！

——你又喝醉了，這個問題，等你清醒時再談！

說罷，悻悻然離去。毫無疑問，麥荷門已生氣。我與麥荷門結識到現在，小小的爭辯時常發生，像這樣的吵嘴，從未有過。我雖然喝了四杯酒，但是絕對沒有醉。祇因莫雨給我的刺激太大，使我激動得無法用理智去適應當前的現實環境。麥荷門對我期望之深；甚於我自己。然而為了生活，我必須反叛自己，同時違拗他的意願。面前有兩條路可走：一條是下決心去編輯《前衛文學》；另一條是不理麥荷門的勸告，繼續撰寫庸俗文字。

我不能作出決定。

我有了一個失眠之夜。

第二天早晨，剛起身，雷老太太匆匆走來，說是外邊有一個人找我。是莫雨派人送來一封信。

信極簡短，祇有寥寥幾個字：「茲飭人奉上港幣五十元整，即祈查收，至誠相助，並希賜覆為感。」

我很生氣。當即將五十元塞在另外一隻信封裏，附了這樣兩句：「即使餓死，也不要你的施捨。」然後封好，交由來人帶回去。

（在香港，友情是最不可靠的東西，我想。現實是殘酷的，不能繼續再做傻瓜。）

於是，決定撰寫可以換稿費的文字。

將格拉蒙的文章塞入抽屜，我開始用故事新編的手法寫黃色文字。題目是：《潘金蓮做包租婆》。計劃中的故事梗概是：潘金蓮死了父親，到膠花廠去做女工，結果給工頭鬍鬚佬攬大肚子，心裏十分焦急，要求鬍鬚佬到婚姻註冊處去登記，鬍鬚佬送了一百塊錢給她。她將鈔票擲在地上，捉住鬍鬚佬一陣揍打。打得正起勁，忽然來了一個中年婦人，攔住潘金蓮不許她打鬍鬚佬。金蓮頗感詫異，一經詢問，原來那人就是鬍鬚佬的老婆。潘金蓮一氣，離開膠花廠，打算到別的地方去做工。但是香港是個人浮於事的社會，找工作談何容易。沒有辦法，祇好嫁給包租公矮冬瓜做老婆。矮冬瓜是個鰥夫，身材奇矮，一無所長，專靠收租度日。潘金蓮無親無眷，失業後，連一日三餐都成問題，既有矮冬瓜向她求婚，為了衣食，也就頷首答應。婚後不久，矮冬瓜忽罹半身不遂症，躺在床上變成活死人，幸而有租可收，生活還不致發生問題。然而飽暖思淫慾，潘金蓮不愁衣食後，長日無所事事，難免不生非分之想。於是，先向頭房的小阿飛下手，然後又跟小阿飛的父親到酒店去開房；然後與中間房的「糖水七」發生關係；然後搭上了尾房的「大隻佬」；然後跟睡床位的看相佬拉拉扯扯；然後……總之，祇要是這一層樓的男人，全都有了性關係。……

這樣的「小說」，不但毫無意義，而且有害。

但在香港，這樣的「小說」最易換錢。

如果我能將潘金蓮與各男房客間的性愛關係寫得越透澈，讀者一定越喜愛。以時日來計算，祇要讀者有胃口，連載十年八年也可以。

我準備以十分之九的字數去描述潘金蓮與男房客間的性愛生活，寫潘金蓮如何淫蕩；寫她如何在床上勾引男人；寫她如何使那幾個男房客獲得最大的滿足……諸如此類，不必構思，不必布局，不必刻畫人物，更不必製造氣氛，祇要每天描寫床笫之事，就不愁騙不到稿費。

這是一件輕而易舉的事情。寫紅了，不但酒渴可以解除，而且還可以過相當舒服的日子。

我不能挨餓。

我不能不喝酒。

我不能因為繳不出房租而發愁。

從上午十一點開始，寫到下午三時，我已經完成六千字，重讀一遍，覺得《潘金蓮做包租婆》的開頭，頗具商業價格。

有點餓，將稿子塞入口袋，先到鄰近一家上海菜館去吃一客「四喜菜飯」；然後到中環一家專刊黃色文字的報館去找該報的編輯。

——你看看，能不能用？我說。

編輯姓李，名叫悟禪，專寫黃色文字，六根未淨，對於紅塵絲毫沒有悟出甚麼道理來。我與他相識已有年，平日極少來往。當我將十二張稿紙交給他時，他看了題目，臉上立刻出現驚詫的神情：

——你肯寫這樣的文章？

——謀稻粱。

我的回答是如此的直率，使他無法再提出第二個問題。他開始閱讀內文，讀了兩張，就驚叫起來：

——寫得很精采！

——希望你肯幫助我。

——是你幫助我們！

——這樣說來，你決定採用？

——後日見報。

——稿費方面？

——我們當然不能向他們大報看齊。你是一直在大報寫稿的，所以也許會覺得少些。

——千字多少？

——八元。不過，我們每五天結算一次。換一句話，每期四十元。文章刊出後，讀者反應好，兩個月後可以加到千字十元。

——好的，就這樣吧。但是……

——還有甚麼問題？

——我想預支一百元稿費，不知道悟禪兄肯不肯通融一下？

——這倒使我有點為難了。我們報館素不拖欠稿費，也從未有過預支稿費的先例。

——祇此一次，幫幫忙。

李悟禪扁扁嘴，眼珠子左右亂轉，彷彿在考慮一個重要的問題。很久很久，終於作了這樣的決定：

——我私人借一百給你吧。

——這……

——我們是多年老友。

他取出白紙，要我寫一張借據給他。

拿到錢，必須為自己慶祝一下。先去餐廳喝酒；然後在黑暗中捕捉楊露的青春。楊露要我請她吃晚飯；我說沒有錢。楊露說她願意請我吃，我說沒有空。她生氣了，憤怒之火在眼裏燃燒。那是偽裝的，我知道。反正黑暗已將羞慚淹沒，接吻遂成為最好的對白。第二次，她要求與我共進晚餐，我答應了。她說她想嚐一嚐涮羊肉的味道，我們走進一家靠海的北方菜館。選一個卡位，相對而坐。在燈光底下，我忽然有了一個奇怪的發現。我錯了。我一直將她當作一種低等動物；其實她的感情卻像藏在沙泥中的金子。她表示對蠟板的厭倦，渴望做一個家庭主婦。我不能給她任何鼓勵，將話題轉到別處。談到貓王，她搖搖頭。談到薯仔舞，她搖搖頭。談到國語電影，她興奮得猶如爐中的火焰。她喜歡眼睛大大的林黛；也喜歡發怒時的杜娟。

我向夥計要了兩杯拔蘭地；但是楊露忽然要喝伏特加。我無所謂，因此要了兩杯伏特加。

——你看過木偶戲嗎？我問。

——在電影裏看過。

——木偶也會使觀眾流淚或發笑的，是不是？

——一點也不錯。

——所以木偶也可以做明星。

——我不明白你的意思。

——如果木偶可以做明星的話，愛樂小姐更加可以了。你要知道，愛樂小姐是有血有肉的動物。

接著又是兩杯伏特加。楊露酒量不算太壞。當我們走出菜館時，她已有了七分醉意。我要送她回舞廳；她要我送她回家。

楊露住在灣仔區的一層木樓裏，租的是尾房，母親躺在床上，父親出外賭錢，家裏祇賸下兩個弟弟與兩個妹妹。七個人住一間小板房，令人有罐頭沙甸魚的感覺。當我將楊露交給她母親後，兩個男孩子跟我下樓。

——先生，姐姐喝醉了？

——是的，你姐姐不大會喝酒。

——你為甚麼不帶她到酒店去？

——我不明白你的意思。

——別人都說姐姐不是好人，誰有錢，誰就可以帶她到酒店去開房。

——千萬不要這麼講！

——為甚麼？

——因為你姐姐是個好人。

——不，先生，她不是好人，大家都是這樣講的，誰有錢，誰就可以帶她到酒店去開房。

——她是為了你們才去做舞女的。

——我們沒有教她這樣做。

——可是你們要吃飯，要讀書。

——爸爸會賺錢給我們的。

——你爸爸整天在外邊賭錢，哪裏有錢為你們繳學費？

兩個男孩子望著我，四隻眼睛等於四個問號。我露了一個不大自然的笑容，走向電車站。

回到家裏，麥荷門又在客廳裏等我。夜漸深，他的來訪使我感到驚詫。進入我的臥房，掩閉房門。

——等了多久？不去報館上班？

沒有直接回答我的問題，麥荷門從公事包裏取出一封厚厚的信，是僑美戲劇家鄒坤先生寄來的新作；一個獨幕劇，以抗戰時期中國某小城為背景，刻畫一個老人因轟炸而引起的種種幻覺。

——寫得不錯，技巧是獨創的；內容是中國的，合乎我們的要求。

這是麥荷門的見解。

但是，我沒有從麥荷門手中將這篇稿子接過來。

——你不妨讀一遍，麥荷門說。如果你認為可以放在創刊號裏的話，最好明天一早就送去印刷所發排。

——我不想讀。

——為甚麼？

——我已心灰意懶，今後決定不再從事嚴肅的文藝工作！老實說，處在這樣的環境裏，即使寫出《老人與海》那樣的作品，又有誰欣賞？那些專門刮「綠背」的冬烘們正在提倡復古，而那些念洋書的年輕人，除了ＡＢＣＤ，連「之乎者也」都攪不清楚。至於那些將武俠小說當作聖經來閱讀的「偽知識分子」，要他們靜下心來閱讀《老人與海》，送他們十塊錢一個，也未必肯接受。荷門，我已經想通了。我不願意將幻夢建築在自己的痛苦上。如果來世可以做一個歐洲人或美洲人的話，我一定以畢生的精力從事嚴肅的文學工作。

——你又喝醉了？荷門問。

——不，我沒有醉。我曾經喝過幾杯，但是絕對沒有醉。

麥荷門點上一支菸，一連抽了好幾口。很久很久，才用冷靜的口氣說：

——每一個作家都希望獲得他人的認知，但是他人的認知並不是必需的。你自己曾經對我說過：喬也斯生前受盡別人的曲解與侮辱；可是他仍不氣餒。我們的工作注定要失敗的；不過，我們必須將希望寄存於百年後的讀者身上。如果我們今天的努力能夠獲得百年後的認知，那麼今天所受的痛苦與曲解，又算得甚麼？

——現實太殘酷；我不能生存在幻夢中。

——記得你自己講過的話嗎？普魯斯特患了哮喘病，將自己關在一間密不通風的臥室裏達十年之久；結果寫成了偉大的《追憶逝水年華》。

——荷門，請你不要跟我講這些話！為了改善自己的生活，我決定撰寫黃色文字了！這書架上的幾百本文學名著，都是我直接向外國訂購來的。如果你有興趣閱讀的話，全部送給你。

荷門用沉默表示抗議。

我沒有勇氣看他臉上的痛苦表情，挪步走向窗邊，面對窗外的黑夜，說：

——今天我寫了六千字故事新編，很「黃」，拿去中環一家報館，預支了一百塊錢稿費。

——為了一百塊錢，竟將自己的理想也出賣了？

——我要活下去，同時還想活得聰明些。

——不願意再作傻事。

——是的。

——《前衛文學》的編輯工作呢？

我坦白告訴他：我不願意擔任《前衛文學》的編輯工作了，理由是：我對文學已不再發生興趣。麥荷門失望之極，不斷抽菸。

沉默，難堪的沉默。這不是甚麼悲傷的事情，不過對荷門而言，倒是一次意外的打擊。一切原已計劃得十分周到，臨到最後，出擊又欲後退。荷門無話可說，嘆口氣，將鄒坤的獨幕劇塞入口袋，走了。

然後我發現自己的視線突呈模糊。

27

我醉了。

（拔蘭地。威士忌。占酒。新春燃放爆竹必須小心。分層出售分期付款。雙層巴士正式行駛。一株桃花索價五千元。年關追債。柯富達[27]試「明輝」三段。）

（排長龍兌輔幣。有錢能使鬼推磨，沒有錢的人變成鬼。有了錢的鬼忽然變成人。這是人吃人的社會。這是鬼吃人的社會。這是鬼吃鬼的社會。）

（一家八口一張床。蘇絲楊的愛犬專吃牛骨粉。大牌檔出售叉燒飯。手指舞廳的阿飛們有福了。瓶頸地帶是死亡彎角。添丁發財。大龍鳳上演《彩鳳榮華雙拜相》。投資滿天下的威廉荷頓。新春大吉。孩子們在驚惶中追求快樂。恭賀新禧。有人炸油角。有人寫揮春。有人放鞭炮。有人在黑暗中拭淚水。）

（電視放映《冰哥羅士比歌劇集》。）

（中國陷於文化黑暗期。忽然看到了馬蒂斯的《裸女》。台灣的盜印商必須坐監。香港的盜印商必須驅逐出境。盜印商是毒蟲。為確保文化幼苗的茁壯，當局應該拿出辦法來。何必這樣認真？反正從事嚴肅文藝工作的人越來越少了。也許一百年後，政府會尊重作家們的著作權的。唉！今天活在這個世界上的人，一百年後可能全部不存在。）

（人家有太空人；我們有羿。人家有《老人與海》；我們有《江湖奇俠傳》。人家有《超現實主義宣言》；我們的武俠小說也是超現實的。）

（英國每年出版一萬四千部新書。）

（文字的手淫。手指舞廳的經驗。到處是笑聲。小孩子將父親當掉手錶所得的錢燃放爆竹。）

我醉了。

27 賽馬騎師測試馬匹段速。

28

好幾天，荷門沒有來找我。我曾經打過電話給他，不在家。我的《潘金蓮做包租婆》刊出後，相當叫座；有一家銷路正在瀉跌中的報紙，派人來跟我接洽，說是最近計劃改版，希望我能為他們編寫一個類似《潘金蓮做包租婆》那樣的故事新編。對於這個發展，我當然不會引以為榮；不過，看在錢的分上，也多少有點喜悅。寫這一類的文字，完全是製造商品。凡商品，必具價格。於是我問他：

——稿費怎樣計算？

他堆上一臉阿諛的笑容，然後用近似歉意的口胳[28]答：

——我們是虧本的報紙，出不起大價錢，稿費暫時祇能出千字十元，改版後，如果讀者反應好，可以加到千字十二元。

這是相當公道的價錢，我答應了。來人問我：

——能不能明天開始發稿。

——可以的。

——題材呢？

——你們希望我寫些甚麼？

——我們祇有一個原則：越黃越好，在可能範圍以內不要牴觸法令。

——這是不容易做到的。

——我們明白，我們明白，總之，稍微技巧一點，描寫動作的時候，不要過火。

我不再說甚麼。那人當即從公事包裏取出一張百元的鈔票，笑瞇瞇地說：

——這是社長吩咐的，不足言酬，聊表敬意。

我接過鈔票。他走了。臨出門，還重複說了一句：

——明天我派人來取稿。

——好的。

他走後，我立即將自己關在房內。坐在寫字枱前，取出鋼筆與稿紙，準備寫一個新的故事新編。

（寫甚麼呢？我想。舊小說裏淫婦並不少，《殺子報》的方山民的妻子，《芙蓉洞》的慧音，

28 指口吻。

《蝴蝶夢》的田氏……都是壞女人，隨便挑一個來寫，不愁沒有文章可做。但是方妻，慧音，甚至田氏，都不是一般人所熟知的，要寫得叫座，必須選一個像潘金蓮這樣的名女人。……刁劉氏的故事是婦孺皆知的，選她作為故事新編的中心人物，必受歡迎。）

決定寫刁劉氏。

題目是：《刁劉氏的世界》。寫刁劉氏因性飢渴而走去灣仔一家酒吧當國際肚腩。別人為了生活而走國際路線，刁劉氏的目的祇求某方面的滿足。這樣一來，文章就有得做了，儘量渲染刁劉氏與一個水兵之間的性行為，說她艷名四播，成為「酒吧皇后」，任何一艘兵艦開到時，刁劉氏生意最忙。

這是害人的東西。

為了生活，不能不寫。

我喝下兩杯酒，以三個鐘頭的時間寫下五千字。穿上衣服，到外邊去吃一頓豐富的晚餐；同時喝了幾杯酒。

我的感情很混亂。

有時候，想到自己可以憑藉黃色小說獲得生活的保障時，產生了安全感。

有時候，重讀報紙刊登出來的《潘金蓮做包租婆》與《刁劉氏的世界》，難免不接受良知上的譴責。

（誰能瞭解我呢？我想。我連自己都不能瞭解自己。一個文藝愛好者忽然放棄了嚴肅的文藝工作去撰寫黃色文字，等於一個良家婦女忽然背棄道德觀念到外邊去做了一件不可告人的事情。）

（誰能瞭解我呢？我想。現實是殘酷的。沒有錢交房租，就得睡街邊；沒有錢買東西吃，就會餓死。有些作家為了生活去教書，去當白領階級，去擺書攤，去做舞女大班，去編報——都不成問題；唯獨一個文藝愛好者就不能依靠庸俗文字來養活自己。）

（寫過庸俗文字的作者，將永遠被摒棄在文學之門外！）

（寫過庸俗文字的作者，等於少女失足，永遠洗涮不掉這個汙點！）

（於是那些專寫「我已度過十八春」的「作家」們；那些專寫「蔚藍的天空」的「作家」們；那些專寫「我的一切的一切全是屬於你的」的「作家」們；那些專寫「昨天晚上我又在夢中見到你」的「作家」們——就神氣活現地將「文學」據為己有了，擺出暴發戶的面孔，趾高氣揚，認定別人的努力盡屬浪費。）

（其實，香港幾時有過脫俗的文學作品？那些《青年園地》式的雜誌上儘是一些俗不可耐的新八股；新詩與時代曲無法區別；小說連文字都不通；而散文永遠是「流浪兒」或「我的老師」那一套。至於所謂「文藝理論」……」唉！不想也罷。）

（我應該喝點酒了。）

走去大會堂，在酒吧喝了兩杯拔蘭地之後，打一個電話給麥荷門：

——有興致來喝酒嗎？我問。

——沒有空。

——你在忙甚麼？

——編《前衛文學》。

——還沒有放棄那個念頭？

——我願意繼續做傻瓜！

「嗒」的一聲，電話收線。廢然回座，點上一支菸。煙圈含有酒精味，在空間游移，譎幻多變，不能把握。前面有一對年輕的歐洲人，默默相對，互不交談。（眼睛是愛情的語言，我想。）整個大會堂瀰漫著濃馥的洋蔥味，廣告牌前一群番書仔[29]突然發出格格的笑聲。音樂廳有來自歐洲的舞蹈表演，紳士淑女們在大會堂裏冒充藝術欣賞家。我是需要一點熱鬧氣氛的，因此又要了一杯拔蘭地。到處都是青煙，笑聲在青煙中捉迷藏。可怕的笑聲，並不代表喜悅。感情似雨，在夢魘中變成瘋狂的傑作。得不到七六三分之八的快樂，祇有酒是美好的。於是，面前出現一對熟悉的眼睛。

——很久不見你，張麗麗說。

張麗麗披著灰鼠的披肩，臉上搽著太濃的脂粉，一塊白，一塊紅，很像舞台上的花旦。

——一個人？我問。

——不，我是跟我的丈夫一同來的。

——你結婚了？

——嗯。

——你的丈夫在甚麼地方？

她伸手一指，不遠處站著一個肥胖的中年男人，有點面善，好像曾經見過似的。

——很面熟。

——是的，你見過。他就是那個紗廠老闆。

——曾經僱用歹徒將我打傷的那個紗廠的老闆？

——正是他。

——你跟他結婚？

——是的。

——為甚麼？為甚麼要嫁給他？

——他有錢。

（錢是一切的主宰。我想。錢是魔鬼。它的力量比神還大——尤其是在香港這種社會裏）

麗麗走進音樂廳之後，我又向侍者要了一杯拔蘭地。

喝了一杯，又一杯。——然後我知道我必須回家了。離開大會堂，竟在黑暗中摸索楊露的胸脯。楊露笑聲格格，猶如風吹簷鈴。獵人有了野心，卻在瘴氣瀰漫的叢林中迷失路途。用金錢購買愛情。用愛情賺取金錢。這純粹是一項交易；但又不像買賣。我怕與楊露相處；為的是怕我不能控制自己。

感情尚未癱瘓，玫瑰遭受五指的侵略。那個出賣愛情的人；也有了很複雜的心情。

朱唇與鑽石似的眸子。

多少男性的傲慢被她的眸子征服過？誰知道那櫻桃小嘴竟有鯨吞的食量？

——我已愛上你了，她說。

這是包著糖衣的謊言。我倒願意用自己的愚騃去解釋。我承認生命永遠被一種不可知的力量操縱著。

在楊露的眼光中，我是貯藏室裏的梯子。

在楊露面前，我是英雄。

黑暗似肥料，將慾念孕育成熟。現在是冬天，最好用長刀切一片春之溫暖。

用熱情交換她的奉獻。用嘴唇印著她的嘴唇。把她當作妓女，我是英雄；把她當作愛人，我渺小得可憐。

我是兩個動物：一個是我；一個是獸。

楊露聽過史特拉汶斯基的《火鳥》嗎？楊露看過米羅的《月下之女人與鳥》嗎？楊露讀過布魯東的《小櫻桃樹對著野兔》嗎？

愛情是沒有界限的。

河水流入大海。候鳥總喜覓伴以南飛。頑皮的兒童常去山中擷取野花，插在餐桌的瓶中。

愛情是沒有界限的。

一棵樹的倔強敵不過流水的悠悠。幽靈在黑暗中被自己恐嚇了。神祕的航程，連夜月也照不到心靈的舞蹈。

愛情是沒有界限的。

二胡可以與提琴合奏；但上帝的安排總是這樣的巧妙。福樓拜與喬也斯無法會面，蝴蝶嘲笑蚱蜢不能高飛。

愛情是沒有界限的。

鴛鴦座就是兩性所需要的天地。黑暗變成最可愛的光芒，雖然黑暗並非光芒。

愛情是沒有界限的。

楊露用舌尖代表千言萬語，一切都很荒誕，又頗合情理。

——我們出去吃消夜？她問。

楊露是一個可愛的女人，雖然像巴士一樣，人人皆可搭乘；但是依舊是可愛的。

吃消夜時，我的心，變成不設防城市。楊露用笑與媚態進攻，我在投降之前祇會喝酒。

世界等於一隻巨大的萬花筒，轉過來，轉過去，都有不同的凌亂。

歷史的點與線。楊露臉上的1234。月亮祇有一種顏色。酒與清水並無分別。

（楊露像隻貓，我想。我是貓的欣賞者。人與貓可以結婚嗎？回答必定是：人與狗是不能結婚的。貓很狡獪。狗卻比較老實。但是大家都討厭狗。好在楊露像隻貓。而我是貓的欣賞者。）

思想亂極了，一若岩石罅隙中的野草。

思想亂極了，一若漏網之魚。

思想亂極了，一若繁星。

我完全不知道我在做些甚麼。我祇知道我手裏握著一杯酒。然後，酒杯突然消失。我見到一扇門。

門。萬欲之入口。瘋狂的原料。人類生命線的持續。

電燈扭熄時，黑暗成為一切的主宰。

29

又有兩家報館派人走來跟我接洽，要我為他們撰寫《潘金蓮做包租婆》以及《刁劉氏的世界》之類的黃色故事新編。我不想過分虐待自己，祇好婉辭拒絕；但是他們將稿費提高到千字十五元，還講了不少好話。

我的自尊已恢復，然而又極悲哀。我從十四歲開始從事嚴肅的文藝工作，編過純文藝副刊，編過文藝叢書，又搞過頗具規模的出版社，出了一些五四以來的最優秀的文學作品。如今，來到香港後，為了生活，祇好將二三十年來的努力全部放棄，開始用黃色文字去賺取驕傲。

我的內心充滿了矛盾；感情極其複雜。一方面因為生活漸趨安定而慶幸；一方面卻因強自放棄對文學的愛好而悲哀。

寫黃色文字是毋需動甚麼腦筋的，不過，興趣不在這上面，容易變成負擔。

過年時，麥荷門沒有跟我見面。當我接到旅居法國的一位老作家的來稿時，不得不親自到麥家去找一次荷門。

這是一篇論文，以一位中國小說作者的立場研究「反小說派」的理論，寫得非常精采，實為近年少有的佳作。

麥荷門見到我，眼光裏充滿敵意。我知道我們之間已隔著感情上的鐵絲網，暫時無法撤除。我將那位老作家撰的論文交給他，加上這麼幾句：

——這是一篇有精闢見解的論文，對沙洛特、都亞絲諸人的「反小說派」作品加以審慎的批判。作者認為「反小說派」的主張寫出人類的內在真實，是極有價值的看法。不過，在表現手法上，譬如主要人物沒有姓名，用幾何學的名稱去描寫風景等等，似乎仍在實驗階段。縱然如此，他們的「革命」也不是完全孤立的。我們仍可從他們的作品中找到喬也斯、紀德、福克納、甚至沙特的影子。

說完這番話，將稿子遞與麥荷門，荷門看見題目，又翻了一下。然後將稿件放在茶几上。

耐不住難堪的靜默，我問：

——「創刊號」的稿件該發齊了吧？

——還差一兩篇結實的論文，你現在拿來的這一篇，正是雜誌最需要的。

——內容方面是否能夠維持一定的水準？

——創作部分比較弱一些，幾個短篇小說全不符理想。

——好的小說可遇不可求，祇要不患「文藝幼稚病」，也會產生一點作用。

麥荷門似乎對《前衛文學》已不像先前那麼起勁，說話時，口氣冷得像冰。（我應該走了，我想。）正欲告辭時，他提出這樣一個詢問：

——聽別人說，你最近替四家報紙寫黃色文字，有沒有這回事？

——有的。

——這是害人的工作。

——我知道。

——既然知道，為甚麼還要寫？

——為了生活。

——恐怕是為了滿足自己的物質欲吧？

我嘆口氣，無意置辯。事實上，如果麥荷門不能瞭解我的話，那就不會有人瞭解我了。香港這個社會的特殊性，非身受其苦者很難體會得到。在這裏，有修養有才氣的文人為了生活十九都在撰寫庸俗文字；但是荷門卻不肯體諒我的苦衷。我還能說些甚麼？除了嘆息。

離開麥家，感情在流血。（也許酒是治療創傷的特效藥，我想。）我走進一家酒樓。

有一齣悲劇在我心中搬演，主角是我自己。

上帝的安排永遠不會錯。

年輕的女人必虛榮。美麗的女人必虛榮。貧窮的女人必虛榮。富有的女人更虛榮。

但是上帝要每一個男人具有野心。

醜惡的男人有野心。英俊的男人有野心。貧窮的男人有野心。富有的男人更有野心。

我已失去野心。對於我，野心等於殘燭，祇要破紙窗外吹進一絲微風，就可以將它吹熄。

一個沒有野心的男人，必會失去所有的憑藉，我必須繼續飲酒，同時找一些虛偽的愛情來，當它是真的。

我到中環去送稿，有意喝些酒，結果走進了一家西書店。我對文學已灰心；但是我竟走進一家西書店。企鵝叢書出了很多文學名著。像格拉夫斯的《我，克勞迪亞》，V‧吳爾芙的《前往燈塔》，湯瑪士曼的《魔山》，喬也斯的《都柏林人》，莫拉維亞的《羅馬故事》，納布阿考夫的《短篇小說集》……等等，都很便宜，三四塊錢就可以買一本。此外，新書也不少，其中不乏佳作，特別是格蘭斯登的《福斯特》與貝爾的《福斯特的成就》，對這位《往印度》的作者有極精闢的分析。

一個女人如果看中了心愛的衣料，祇要手袋裏有足夠的錢，一定會將它買下的。

一個文學愛好者如果看到了心愛的書，祇要口袋裏有足夠的錢，一定會將它買來的。《福斯特》與《福斯特的成就》定價不算貴，前者僅五元港幣，後者稍貴，亦不過二十五元。

然而我沒有買。

走出書店，我忽然感到一種劇鬥後的疲倦。魔鬼與天使在我心房中決戰，結果魔鬼獲得勝利。

然後，在一盞橙色的飾燈下，我向侍者要了一杯威士忌。

（如果別人不能原諒我的話，我不能不原諒自己。）

今後必須將書店視作禁地，家裏所有的文藝書籍全部送給麥荷門。如果麥荷門不要的話，稱斤賣給舊書店。

我必須痛下決心，與文藝一刀兩斷。將寫作視作一種職業，將自己看成一架寫稿機。

這是沒有甚麼不好的。最低限度，我不必擔心交不出房租，更不必擔心沒有錢買酒。——雖然我已無法認識人生的價值與意義。

我變成一條寄生蟲。

30

《前衛文學》創刊號出版了。麥荷門寄了一本給我。封面沒有畫，祇有「前衛文學」四個大字；另外右角用黑油墨印一個阿拉伯「1」字，大大方方，相當美觀。除此之外，內容方面與我最初擬定的計劃差不多。發刊詞依舊用我寫的那一篇，一個字都沒有改動。對於我，這當然是一件值得高興的事。至於譯文方面，也能依照我擬定的計劃，選了幾篇第一流的作品。創作較弱，除了一個獨幕劇與那篇研究「反小說派」的論文外，其他都不是突出的作品。幾個短篇創作，雖比時下一般《青年園地》式的短篇小說稍為高一些，距離最初的要求仍遠。這個問題，並不在於麥荷門的欣賞水準較低；而是商業社會使那些有才氣有修養的作家們將精力集中於其他方面，不再有空閒或興趣撰寫文學作品。荷門年紀還輕，結交的朋友不多，他不知道香港除了那些患著「文藝幼稚病」的「作家」之外，還有誰能夠寫出像樣的作品來。

其實，香港有幾位極有希望的作家，為了生活，已被迫投筆改就他業。這些都是有過表現的文藝工作者，但是現實是殘酷的。生活擔子太重，他們不得不放棄對文學的愛好。麥荷門不認識他們，更無法慫恿他們為《前衛文學》執筆。麥荷門找來的幾篇創作，都是膚淺的現實主義作品，毫無特出之處，祇能算是聊備一格。縱然如此，這本《前衛文學》依舊是目前香港最有分量的文學雜誌。我欽佩麥荷門的毅力；同時也感到了慚愧。當我一口氣將《前衛文學》讀完後，我必須承認對文學的熱誠仍未完全消失。我之所以不再閱讀文學作品，祇是一種自己騙自己的行為罷了。事實上，我依舊無法抗拒文學的磁力。我的看法是：《前衛文學》的水準還不夠高。不過，以香港一般文藝刊物來說，它已經太高了，有些讀者不能接受。

如果《前衛文學》不能維持一定的水準，它將完全失去存在的意義。

麥荷門不惜以他母親的積蓄作孤注一擲，為的是想替中國新文學保存一點元氣；但是符合要求的創作不易求，更因為是定期刊物，到了發稿的時候，找不到佳作，祇好隨便約幾篇急就章充數：這樣一來，內容貧乏，必將成為雅俗俱不能接受的刊物。

我很替麥荷門擔心。

麥荷門的五千塊錢遲早要賠光的。問題是：這五千塊錢必須賠得有價值。

《前衛文學》創刊號雖然與理想仍有相當距離，但譯文方面的選擇，顯然是明智的。不過，今後單靠他一個人的力量，恐怕連這個水平也不能維持。

我想約荷門見一次面。

但是沒有勇氣打電話給他。

荷門是個有個性的年輕人。他可以接受失敗，卻未必願意接受一個撰寫庸俗文字者的援助。再說，我一天要寫四家報紙的連載小說，哪裏還有時間幫助他？

我嘆口氣，將那本《前衛文學》往字紙簍一擲，抽支菸，斟了半杯酒。坐在寫字枱前，提起筆，開始撰寫《潘金蓮做包租婆》的續稿。

酒與黃色文字皆能產生逃避作用。沒有勇氣面對現實的人，酒與黃色文字是多少有用處的。

忽然有人輕叩房門，拉開一看，原來是雷太太。她說：

——有人打電話給你。

走去電話機旁邊，拿起聽筒，竟是麥荷門。

——寄給你的創刊號，有沒有收到？他問。

——收到了。

——怎麼樣？希望你能給我一些忠實的批評。

——我欽佩你的勇氣與毅力。

——除了勇氣與毅力之外，內容方面，你覺得怎樣？

——很好，每一篇都夠水準。

這是違心之論，連麥荷門也聽得出來。麥荷門是朋友中最真摯的一個；然而我竟對他說了假話。事實上，要是麥荷門不尊重我的意見的話，也不會打電話給我了。我不能太自卑。雖然大部分同人已經將我視作武俠與黃色小說的作者；相信麥荷門是不會這樣想的。最低限度，他還希望能夠聽聽我的意見。但是，我竟這樣虛偽，沒有將心裏想說的話坦白講出。

——創作部分怎麼樣？麥荷門問。

——雖然弱了一點；也還過得去。

——我希望你能夠給我一些坦白的意見。

——幾個短篇都是寫實的，手法相當陳舊。今天的小說家應該探求內在真實，並不是自然的臨摹。塞尚曾經在左拉面前坦白指出臨摹自然的無用，認為藝術家應該設法去表現自然。

——我知道，我知道；可是此時此地的小說家肯繼續從事文藝工作的已不多，哪裏還能要求他們去探求內在真實！

——這也是實情。

——所以，我祇能將譯文的水準儘量提高，希望借此促請文藝工作者的覺醒。

——創刊號的譯文部分不錯。

——第二期即將發排了，我知道你忙，沒有時間為《前衛文學》譯些東西。不過，你讀書甚多，提供一些材料，應該是沒有問題的。

——最近我完全沒有讀文學書。

麥荷門「噢」了一聲，將電話擱斷。我回入臥房，坐在書桌前，繼續進行文字的手淫。

一個字也寫不出。

做一個職業作家，並不如一般人想像得那麼舒服。當你心緒惡劣的時候，你仍須強迫自己去寫。

好在這種東西全無思想性，祇要將一些性行為不太露骨地描寫出來，就可以換取讀者的叫好了。

（香港真是一個怪地方，藝術性越高的作品，越不容易找到發表的地方；相反，那些含有毒素的武俠小說與黃色小說卻變成了你爭我奪的對象。）

（香港真是一個怪地方，不付稿費的雜誌，像過去的《文藝新潮》，像過去的《熱風》，常有優秀作品刊出；但是那些依靠「綠背津貼」的雜誌，雖然稿費高達千字四十元，刊出的「東西」常常連文字都不通，遑論作品本身的思想性與藝術性。）

（香港真是一個怪地方，價值越高的雜誌，壽命越短，反之，那些專刊哥哥妹妹之類的消閒雜誌，以及那些有彩色封面而內容貧乏到極點的刊物，卻能賺大錢。）

《前衛文學》注定是短命的。如果出了幾期就停刊的話，絕不會使人感到驚奇。事實上，麥荷門自己也知道這本雜誌不會久長，不過，他有他的想法，認定星星之火可以燎原，即使力量薄弱，祇要能夠將水準真正地提高起來，將來究竟會結成甚麼樣的花果，誰也無法逆料。這個想法並不壞。問題是：由於佳作難求，刊物不能保持一定的水平，錢財與精力等於白費。

這是值得擔憂的。

我甚至有了放棄撰寫庸俗小說的念頭，集中精力去幫助麥荷門編輯《前衛文學》。

然而拿不出勇氣。

文學不是米飯。「文窮而後工」是一句不切實際的風涼話。處在今天的現實社會中，願意做傻瓜的還有；願意為文學而死的人恐怕不會有了。

我陷於極大的困擾，不能用情感去辯護理智；更不能用理智去解釋情感。

我又喝了半瓶酒。

31

氣候仍冷，溫度很低，北風似貓叫，騎樓上的花朵在風中搖曳不已。花瓣有太多的皺紋，猶如雷老太太的臉皮。雷老太太又端了一碗蓮子羹給我，蓮子燉得很酥。我已有了幾分醉意，仍想出去走走。然後耳邊出現了浪潮般的喧嘩，二十一個球員在綠茵場上角逐。不知道是南華對巴士抑或光華對愉園？那穿著紅衫的一隊似乎特別驕傲；然而這驕傲卻又那麼柔弱無力。（人類是好鬥的，我想。人類的基本愛好原是極其殘忍的。）這是殘酷的場面，觀眾喜歡觀看球員怎樣受傷。離開球場，我站在一家唱片公司門口聽卓比戚加歌聲。世紀末的聲音，卓比是個嚴重的「世紀病」患者。然後打一個電話給楊露，約她到「鑽石酒家」去吃晚飯。楊露沒有空。楊露有太多的舞客。我心裏忽然起了一種不可言狀的感覺，說是妒忌，倒也有點像悲哀。（我會愛上楊露嗎？不會的。）但是我的腦子裏常常出現她的微笑。（她不是一個壞女人，我想。雖然她有太多的舞客；可是她絕對不是一個壞女人。）這樣想時，更加渴望見到她。（沒有空，必定另有約會。我不能允許她另有約會，因為我喜歡她。）我笑了，笑自己的想法太幼稚。（楊露是一個舞女，我能阻止她跟別的舞客約會嗎？除非我有勇氣跟她結婚，然而結婚不能單靠勇氣。）我又笑了，笑自己的想法太幼稚。

當我喝了酒之後，不論多少，甚至一滴之飲，也會產生一些古古怪怪的念頭。於是乘坐的士。在黑暗中尋找楊露的嘴唇。我要她跟我去「鑽石」吃飯；她用銀鈴的笑聲拒絕我。我內心燃起怒火，將鈔票擲在她身上，憤然離去。沿著海邊漫步，怒火給海風吹熄。在銅鑼灣遇到一個年輕朋友，一把捉住我，拉我去「麗思」吃牛柳。他說他喜歡吃牛柳。他說他喜歡嗜吃牛柳的朋友。然後他說他寫了一本四毫小說，很叫座，給一家電影公司將電影攝製權買去了，不久的將來就可以搬上銀幕。

——你知道他們給我多少錢？他問。

——不知道。

——他們給我五百。

——聽說電影公司的故事費規定是五百。

——不，不，電影公司購買四毫小說的電影攝製權從未超過三百。

——這樣說起來，你是一個例外了。

——我是例外的例外。

——甚麼意思？

——公司方面還要我現身說法，在片中擔任一個不十分重要的角色。

——你會講國語？

——片子裏的那個角色並無對白。

——噢。

——外國電影常有原著者親自上銀幕的鏡頭，譬如「三部曲」裏的毛姆。

——如此說來，這也算是一種進步了？

——當然！

他向夥計要了兩客牛柳；又向夥計要了兩杯拔蘭地。他不是一個喜歡喝酒的人；但是他知道我喜歡。他在這個時候喝酒，當然是因為太興奮的緣故。他的興奮猶如火焰，加上酒，越燒越旺。

——老實說，國語電影需要改進的地方還多。你看，人家日本人拍一套《羅生門》，就讓好萊塢的大導演們學習他們的手法了。

——是的，戰後日本電影和義大利的 Limited Production [30] 一樣，也有驚人的成就。不過，我們的國語片想爭取國際市場的話，首先不能從四毫小說中找材料。

我的話語，猶如一把劍，刺傷了他的感情。他怔住了，眼睛瞪得比桂圓還大。對於他，我這樣講，等於用一桶水將他的興奮澆熄。

為了掩飾心情的狼狽，他露了一個尷尬的微笑，說我太喜歡開玩笑。然後舉杯祝我健康，我喝了一口酒，正正臉色，說：

——國語電影如果真想求進步的話，首先，製片家必須放棄所謂「生意眼」；其次，認識劇本的重要性；第三，打倒明星制度；第四，揚棄投機取巧的念頭，不拍陳腔濫調的民間故事；第五，不以新藝綜合體及日本彩色作為刺激票房紀錄的法寶；第六，所以集體創作的方式撰寫具有民族精神而又樸實無華的劇本。你要知道，劇本是一部電影的靈魂。

——對，對，你說得一點也不錯，劇本是一部電影的靈魂。以，我認為公司方面肯出五百元的代價買我的小說去改編，是一種進步的表現。

——對不起得很，恕我不客氣地指出，製片家如果專在四毫小說中尋找材料的話，電影不但不會進步，而且會進入死巷！

——這——這不能一概而言，事實上，四毫小說也不是全部要不得的。

——四毫小說當然也有優劣之分，不過，我們必須認清四毫小說的對象是哪一階層。

——你倒說說看，四毫小說的對象究竟是哪一階層？

——就是那些專看低級趣味電影的觀眾。

——我不明白你的意思？

——很簡單，將四毫小說改編成電影，說明製片家祇想爭取低級趣味的觀眾。製片家仍以賺錢為最高目標，哪裏談得上提高水準？

——你這一番話，完全不切實際。今天香港的製片家，誰不將拍片當作一種生意？在香港，藝術是最不受重視的東西，抽象畫家受盡奚落，不到外國去舉行展覽會，就不能獲得知音。電影雖然被人稱作第八藝術，實際上，跟交際舞一樣，一到香港就變了質。交際舞成為販賣色情的藉口，電影藝術卻是商人賺錢的另一種方式。

——所以，我認為大作的被電影公司改編為劇本並不是一件可喜的事情。

——我可以不勞而獲五百塊錢。

——如果這樣講，那就是另外一件事了。

——我從未有過野心。我之所以撰寫四毫小說，因為這錢賺得比較容易。我之所以如此興奮，因為我又多了一筆額外收入。談到藝術，我是一竅不通的，我常常覺得廣告畫比抽象畫好看得多！

我笑。他也笑了。夥計端牛柳來，嫩得很，風味別具。香港就是這樣一個地方，四毫小說的作者可以天天吃牛柳，嚴肅的文藝工作者卻連牛柳的香味也不容易嗅到。我得慶幸我的運氣不壞，遇到這樣一位運氣比我更好的「小說家」。

吃過牛柳，不願意跟他討論下去，站起身，說是另有約會，走了。這個沾沾自喜的「小說家」，實在悲哀得很。他連小說的門都沒有摸到，卻被庸俗的製片家捧壞了。

銅鑼灣的燈。紅的。綠的。藍的。於是想起一則虛構的故事：一個潦倒的文人忽然被一個有錢的姨太太愛上了。他似乎獲得了一切，很快樂。這快樂等於肥皂泡，因為他已失去一切。香港人的快樂都是紙紮的；但是大家都願意將紙紮的愛情當作真實。上帝住在甚麼地方，那被人稱作地獄的所在何以會有這麼多的笑聲？

一隻滿載希望的船，給海鷗帶錯了方向，空氣是糖味的。空氣很冷。

（有人自以為是詩人，竟將方塊字誤作積木，我想。沒有人握有詩的執照，所以誰都可以寫詩。幾十個方塊字就可以湊成一首詩，所以我們這一代冒牌詩人特別多。詩是沒有真偽的。詩祇有好壞。不過，詩人卻不同。詩人是有真偽之分的。我們這一代，偽詩人多過真詩人。偽詩人的壞詩太多，使一般人對真詩人的好詩反而產生誤解。）

（如果沒有真正的批評家出現，中國文藝是不會復興的。）

（從五四到現在，我們還沒有出現過一個權威的文學批評家。劉西渭寫過兩本小書，文章做得很好，但見解不夠精闢。他批評了曹禺的劇本，曹禺指責他說錯了話；他批評了巴金的小說，巴金也不肯接受他的看法。不過，截至目前為止，劉西渭的文學批評依舊是最好的。）

（旁觀者清，作家需要燈塔的指示。）

（沒有真正的批評家出現。中國文藝是不會復興的。）

（我為甚麼又會想到這些問題？我應該多想女人。）

一盞昏黃不明的燈下，出現一對黑而亮的眸子。以為在做夢，竟是現實。我不知道她姓甚麼叫甚麼；更不知怎麼會認識她的。我們相對而坐，面前各自有一杯威士忌。

——你的酒量不錯，她說。

——我？我根本不會喝酒。

——別撒謊，我親眼看你喝了六杯威士忌。

——是嗎？

——剛才你好像醉了，伏在桌上，睡了半個鐘頭。

——這就證明我的酒量並不好。

——但是你沒有醉。我知道的。

我望望她，她有一對黑而亮的眸子。她說得一點也不錯，我沒有醉。看看錶，分不清長針短針。

——幾點？我問。

——十二點一刻。

——我們該走了？

——是的，我們該走了。

——到甚麼地方去？

——隨你。

我吩咐夥計埋單。走出夜總會，一輛的士剛剛停在我們面前。坐進車廂，合上眼，立刻陷於迷濛意識，不知道司機將我們載去甚麼地方。第二天醒來，發現自己睡在一家公寓的板房裏。頭很痛，腦子裏有個問題：那個女人到甚麼地方去了？

一骨碌翻身下床，地板似浪潮。（昨天晚上，我一定喝了不少酒，我想。）走近梳妝台，定睛一看，桌面上有一張字條，用菸灰碟壓著的。

字條上歪歪斜斜寫著這麼幾行：

「先生：我不知道你是誰。我知道你是一個好人。我不應該偷你的錢；但是我窮，我的母親正在病中，需要錢買藥吃。我不是一個如你想像中的那種女人。我讀過中學；而且從未做過這種事情。你口袋裏有一百二十塊錢。我拿了一百，留下二十塊錢給你。你不像是個窮人，少一百塊錢，不一定會成問題。對於我，這一百塊錢也許可以救一條人命。先生，我謝謝你的幫助；同時希望你以後不要喝那麼多的酒。」

將字條塞入口袋，盥漱過後，我按了一下電鈴，夥計來了。我問：

——那個女人甚麼時候走的？

——你不知道？

——我喝醉了。

夥計抬起頭，略一尋思後，說：

——昨晚一點左右。

——一個可憐的女人，我說。

——這種女人有甚麼可憐？夥計說。

我無意爭辯，懷著沉重的心境離開公寓。走到茶樓門口，買三份日報，然後向夥計要一壺普洱茶。看了一段電訊：戴高樂拒絕英國加入共同市場。（這是莫泊桑式的「驚奇的結尾」。難道也是法國人的傳統？我想。）。

又要賽馬了，滿版試跑成績與不著邊際的預測。

（外圍馬猶如野火一般，無法撲滅。既然如此，何不公開化？我想。）

甲組足球聯賽，六強形勢越拉越緊，占首席的「光華」也未必樂觀，失九分的「南華」仍有希望。

（對於一般香港人，馬與波的動態較國際新聞更重要。）

然後看到一篇不能不生氣的「影評」。

（這裏的「影評」實在是頗成問題的。執筆人多數連一部電影的製作過程都不明白，常常「上半部演得出色」「下半部毫不稱職」之類地亂扯一通。這裏的「影評」，從不注意藝術性，祇以一般觀眾的趣味為準繩。在這些「影評家」的筆底下，貓王與路易主演的片子，永遠是好的；反之，像《叱吒風雲》這樣優秀的電影，常常被評為「悶到瞌眼」。我們這裏沒有真正的影評。這裏的「影評家」連「蒙太奇」都弄不清楚。這裏的「影評家」將一部電影的娛樂成分視作最主要的成就。這裏的「影評家」常常認為女主角的美麗比她的演技更重要。這裏的「影評家」常常顛倒是非，將好電影罵得一文不值而將那些莫名其妙的電影捧得半天高。

在這些「影評家」們的心目中，《單車竊賊》是遠不及義大利的宮闈打鬥香艷七彩片的。在這些「影評家」們的心目中，碧姬・芭鐸是遠較比提・戴維絲為重要的女演員。在這些「影評家」們的心目中，《君子好逑》與《羅生門》都是要不得的電影。在這些「影評家」們的心目中，電影衹是一種低級的娛樂，除此以外，並不具有任何其他意義——。但是，這些「影評家」們知道不知道香港每年電影的產量占著全球第三名的地位。除了日本，印度之外，就要輪到香港了。香港雖然是個蕞爾小島，每年電影產量卻比義大利，英國，法國更多。如果香港出品的電影沒有市場，製片家早就將錢財投資於大廈的興建了。換言之，香港的電影是有它的市場的。既有市場，必有觀眾，就不能不注意到電影本身應具的教育意義。）

（製片家為了賺錢，不但不注意片子的教育意義；有時候還不惜向觀眾灌輸毒素。逢到這種情形，影評家就有責任指出他們的錯誤，並予以譴責。影評家必須引導所有電影工作人員向上，沒有理由跟在庸俗的製片家背後，鼓勵他們製作毫無價值的純娛樂電影。）

（香港的電影產量占世界第三位；但是這些電影的水準卻低得很。戰後各國電影都有長足的進步。在十部獲得奧斯卡金像獎的「外國電影」中，日本占了三部：《羅生門》、《地獄門》與《七武士》。義大利的《單車竊賊》被選為電影史上的十大之一。查利的《淘金記》與《城市之光》被全球一百位影評家選為電影的古典作品。法國的 Le Jour se Leve 也被承認為電影史上的十大之一。——但是產量占據全球第三位的香港電影，究竟拍出了一些甚麼東西？）

（製片家的唯利是圖固然阻止了佳片的出現；但是「影評人」不能起督導作用，也是港片水準低落的一個重要因素。）

（如果「影評人」根本不知電影為何物的話，誰還能負起督導的責任？）

（祇要是瑰麗七彩，祇要是從頭打到底的西部片，祇要是路易的鬥雞眼，祇要是外型漂亮的女主角，祇要是貓王主演的歌唱片，祇要是「××夜生活」之類的甚錦片，祇要是義大利的宮闈打鬥片——都能夠獲得此間「影評家」的叫好。）

（在香港，良片是劣片，劣片是良片。）

（香港電影的另一個問題是：明星太多；演員太少。女人為了賺取「明星」的頭銜，即使每個月祇拿兩百塊錢薪水，一樣肯幹。理由是：有了明星頭銜後，就可以在其他方面獲得更大的酬勞。）

將報紙翻到副刊版，發現我寫的《潘金蓮做包租婆》已由編輯先生加上插圖。像這樣的文字，原已相當露骨，加上插圖之後，更加不堪入目。

（不能再寫這種東西了，我想。這是害人的。如果不能戒酒的話，受害的將是我自己。如果繼續撰寫黃色文字，受害的是廣大讀者群。但是，我必須繼續生存下去。事實上，即使我肯束緊褲帶，別人卻不會像我這樣傻。我不寫，自有別人肯寫。結果，我若餓死了，這「黃禍」也不見得會因此而消失。）

翻到「港聞」版，又有兩個人跳樓。

（香港高樓大廈多，跳樓的人也多。難道這個世界當真沒有一點值得留連的嗎？）

向點心妹拿了一碟芋角與一碟蝦餃。（這是現實，我想。）

身上的錢，大部已被那個陌生女子取去。付了茶錢，所剩無幾。走去電車站，到中環一家報館去預支了一百塊錢稿費，然後踩著悠閒的步子，到皇后道去看櫥窗。（對於那些專買非必需品的貴婦們，櫥窗是吸鐵石。）然後我見到一個很美很美的女人，從頭到腳幾乎全是紫色，看起來，像一朵會走路的紫丁香。（美麗的女人都是上帝手製的藝術品，我想。）然後走進一家幽靜的小咖啡店，要了一杯酒，掏出原子筆與原稿紙，打算將這一天的文債還掉。由於剛剛見到了一個絕色女子，筆底下的潘金蓮刁劉氏全變成那個模樣，寫起來，不但順利，而且頗多神來之筆。

——想不到會在這裏碰到你。

抬頭一看，原來是舊日重慶報館裏的一位老同事。此人姓沈，名家寶，過去在重慶跑新聞，華萊士來華時寫過一篇特寫，相當精采。那時候，他是一個小白臉。現在也是中年人了，作笑時，眼角的魚尾紋特別深。我們已有多年沒有見面，雖然大家都在香港。他貪婪地端詳我，有意在我臉上尋找皺紋。

——告訴我，你在做些甚麼？

——賣文為生。

——好得很，好得很！

——做一個寫稿匠，有甚麼好？

——香港有幾位多產作家，每天寫一萬多字，收入不惡，聽說有的不但坐了汽車，還買了洋樓。

——那是極少數的幾個。

——你現在寫幾家報紙？

——四家。

——不算少了，最低限度，生活決無問題。

——不一定。

——你單身單口，每個月有成千收入，怎會不夠？

——不是這個問題。

——難道還有其他的困難？

——在香港，賣文等於妓女賣笑，必須取悅於顧客，否則就賺不到稿費。

沈家寶感慨係之地嘆息一聲，說是亂世年頭，能夠活下去，已算幸運，哪裏還能談其他？然後我要他將近況告訴我。他說他已改行做生意，前年糾集了一些資本，與幾個朋友合資創設一間塑膠廠，專門摹仿日本膠公仔，生意相當不錯。

——去年賺了三十幾萬，添置了一些機器外，所有廠裏的員工在年底都能分到五個月的紅利。

——恭喜你。

——下個月初，我要到日本去兜一圈，拿些新的樣品回來，同時還打算定一批日本的膠布和機器。

——為甚麼一定要買日本貨？

——便宜，價錢便宜。

——但是，你還記得不？當年我們在重慶的時候，日本飛機炸死了多少無辜同胞。這是我們親眼目睹的事實，這些是慘痛的事實，難道你完全忘記了？

沈家寶笑不可抑，說我是天字第一號傻瓜。我不明白他的話意，他說：

——當你從九龍乘坐渡海小輪來到香港時，特別是晚上，你一定會注意到海邊建築物上的商業廣告牌。

——是的。

——你知道不知道這些廣告牌中，日本貨占了百分之七十。

——這是一個非常可怕的現象！

——有甚麼可怕？香港不知有多少商人因為推銷日本貨而發了財。

——我們是知識分子，我們不能像那些唯利是圖的無知商人一樣，將那八年的慘痛經驗全部忘記。

——為甚麼不能？再說，日本現在是一個民主國家了，過去的好戰分子皆已受到懲罰，今後再也不會侵略鄰邦。

——我很懷疑。

——這是事實，用不到多疑。

——我相信他們的武士道精神還是存在的。

望著沈家寶臉上的表情，我知道他是不同意我的看法的。不過，我們究竟是多年老友了，縱或意見不同，還不至於鬧得面紅耳赤。事實上，整個東南亞區，除了新加坡的華人外，很少人還記得過去的那一筆血債。

話不投機，沈家寶將菸蒂揿熄在菸碟裏，將三明治匆匆吃下，掏錢埋單，露了個偽笑，走了。

沈家寶走後，我繼續寫稿。將四家報館的積稿全部寫好，算是了卻一樁心事。回到家裏，雷老太太神色緊張地問我：

——急死我了，新民，你為甚麼一夜不回？

可憐的老人，又將我當作她的兒子了。沒有等我答話，她冉冉走進廚房，端了一碗蓮心桂圓湯出來，抖巍巍地放在我面前，要我喝下。

喝下熱氣騰騰的桂圓湯，解衣上床。我做了一場夢。

32

我走進一面偌大的鏡子
在鏡子裏找到另外一個世界
這個世界和我們現在所處的世界極其相似然而不是我們現在所處的世界
這個世界裏有我
然而不是我
這個世界裏有你
然而不是你
這個世界裏有他
然而不是他
這是一個奇異的世界猶如八卦陣一般教每一個人走到裏邊去尋找自己
在這個世界裏戀愛不是雙方面的事每一個人都愛自己

在這個世界裏人們可以從自己的額角上看到時間的腳印
在這個世界裏白髮與皺紋是兩樣最可憎的東西
在這個世界裏祇有眼睛最真實除此之外都是影子
在這個世界裏每一個人都沒有靈魂
我倒是願意做一個沒有靈魂的人在這個世界逍遙自在地過日子不知道快樂也不知道憂愁成天
用眼睛去觀察另外一個自己以及另外一個世界

33

醒來，天花板上有個彩色的圖案，忽而黃，忽而綠，忽而黃綠交錯。望望窗，夜色已四合。翻身下床，走去窗邊俯視，原來對街一幢四層樓宇的天台上新近裝了一個很大的霓虹燈廣告牌。商人是無孔不入的。不久的將來，當新鮮感消逝時，我必會憎厭這彩色光線的侵略。不過，現在我卻歡迎這突如其來的熱鬧。我用小孩子看萬花筒的心情去欣賞這新穎的廣告牌。

有人敲門，是雷太太。

——電話，她說。

我匆匆走入客廳，拿起電話，原來是麥荷門。他約我去「蘭香閣」飲茶。

見到麥荷門，第一個印象是：他消瘦了。不必問，準是《前衛文學》的擔子壓得太重，使他透不過氣來。談到《前衛文學》，他說：

——第二期已經付印了，創作部分還是找不到好稿子。

——是的，大家都去撰寫庸俗文字了。

——這樣下去，水準越來越低，完全失去創辦這個雜誌的意義。

——不一定，我說。事實上，此時此地想徵求獨創性的作品，的確相當困難。不過，譯文部分倘能維持創刊號的水準，雜誌本身依舊具有積極的意義。創刊號的銷數怎麼樣？

——很壞。

——壞到甚麼程度？

——星馬一帶運了一千本去，據那邊的代理寫信來，最多衹能賣出三十本，希望我們下次寄書的時候，寄一百本就夠了。

——一百本？

——即使是一百本，代理商還提了幾個要求。

——甚麼要求？

——第一，封面不能繼續維持這樣樸素的作風，如果不能用橡皮車印，至少也要三色套版。第二，內容方面，減少譯文，加多幾個長篇連載。

——長篇連載？

——他說讀者不喜歡閱讀短篇小說，想增加銷數，必須增加長篇連載。

——好的短篇創作尚且不容易找，哪裏有辦法找到夠水準的長篇小說？

——代理商所指的長篇小說跟我們心目中的長篇小說不同。他所要求的，乃是張恨水式長篇小說。

——張恨水的東西，屬於鴛鴦蝴蝶派；怎麼可以算是文藝作品？

——在代理商的心目中，武俠小說也是文學的一種形式。前些日子，不是有人還在提倡甚麼「武俠文學」嗎？

——你的意思怎麼樣？

——這還用說？如果《前衛文學》為了銷數而必須刊登鴛鴦蝴蝶派小說的話，那還成甚麼「前衛」？

——除了星馬以外，其他地區的發行情形怎麼樣？

——菲律賓的代理商來信，說是第二期祇要寄十本就夠了。曼谷方面，以後每期寄三本就夠了。據說這三本還是看在這邊總代理的臉上才拿的。

——本港呢？

——本港的情形稍為好一點，但也不能超過一百本。

——總計起來，兩百本都不到？

——是的。

——那末第二期準備印多少？

——五百本。

——銷數衹有兩百，何必印五百？

——印五百與印兩百，成本相差不多；事實上，印兩百與印一千也不會有太大的距離。所以，雖然銷數少得可憐，我還是想印五百本。我希望第二期的銷數會增加一些，雖然這看來是不容易實現的希望。如果第二期銷數跟創刊號一樣的話，衹好將那些賸書留著匯訂合訂本。

——荷門，我們是老朋友，能不能允許我說幾句坦白話？

——你說吧。

——如果一本雜誌每期衹能銷一百多本的話，那就沒有必要浪費精力與錢財了。

——不，不，衹要還有一個忠實讀者的話，《前衛文學》絕對繼續出版！除非經濟能力夠不到的時候，那就——

荷門諱言「停刊」兩個字，足見其態度之堅定。我不敢再提相反的意見，正因為他的看法與做法都對。以我自己來說，我是一個文學領域裏的逃兵，沒有資格要求一個鬥志堅強的戰士也撤退下來。

受了荷門的精神感召，我竟自告奮勇地願意抽出一部分時間，給《前衛文學》寫一個短篇創作。

荷門很興奮。

但是提出一個問題：

——發表時用甚麼筆名？

——當然用我一向用慣的筆名。

——可是，你目前正用這個筆名在四家報紙上寫四個黃色連載。

——關於這一點，我倒並不像你那樣認真。我認為筆名祇是一個記號。讀者絕不會祇看筆名而不看文章的。福克納在寫作《喧嘩與騷動》之前，也曾寫過幾部庸俗小說，浪費很多精力，企圖迎合一般讀者的趣味。等到他發現自己的才具並不屬於流行作家那一派時，他發表了《喧嘩與騷動》。結果贏得批評界的一致叫好，並榮獲諾貝爾文學獎金。此外，當年的穆時英，也曾以同一個筆名同時發表兩種風格絕然不同的小說：一種是庸俗形式的《南北極》；一種是用感覺派手法撰寫的《公墓》與《白金的女體塑像》。至於張天翼，早期也曾寫過不少鴛鴦蝴蝶派小說。所以，《前衛文學》不應該堅持這一點。事實上，今天的香港文藝工作者幾乎十九都曾寫過商業化文字。我們應該重視作品本身所具的價值，不必斤斤於小節。

荷門瞪大眼睛望著我，似乎仍未被我說服。看樣子，他不願意撰寫《潘金蓮做包租婆》的人在《前衛文學》上發表文藝創作。

我的看法跟他不同。我認為重要的是作品本身。

不過，荷門既然有此成見，我也沒有必要與他爭辯。實際上，我之所以毅然答應為《前衛文學》寫一個短篇創作，完全因為受了荷門那般傻勁的感染。他既然反對我用寫庸俗文字的筆名在《前衛文學》上發表作品，我也樂得趁此作罷。我已決心作一個文學領域上的逃兵，又何必再擠進去。於是我說：

——這些年來，為了生活，寫過不少庸俗文字，即使想認真寫些東西，恐怕也會力不從心，與其糟蹋《前衛文學》的篇幅，不如藏拙。

荷門搖搖頭說：

——我對你的創作能力有絕大的信心，問題是：我不贊成你用撰寫《潘金蓮做包租婆》的筆名來發表嚴肅的文藝創作。

——既然這樣，就算了吧。

麥荷門用嘆息解釋一切。我向夥計要了一杯酒。逢到這種情形，祇有酒才是真正的朋友。我們不再交談，好像有意在沉默中尋找些甚麼。兩杯下肚，麥荷門吩咐夥計埋單，說是要到印刷所去看看，先走了。我立刻感到一種無比的空虛，用眼對四周掃了一圈，茶客雖多，我卻十分孤獨。

忽然想起楊露。身上現款不多。走出「蘭香閣」，到一家報館去借支稿費。主持人搖搖頭，表示沒有辦法。我很生氣，憤然離開那家報館，去到另一家，借支兩百元稿費，僱車去灣仔。

楊露見到我，說我在生氣。我不加否認，楊露就誇耀自己的聰明。其實，她弄錯了。她以為我在生她的氣。

我邀她出去喝酒，她一口答應。

在一家東江菜館吃鹽焗雞時，楊露仰起脖子，將半杯拔蘭地飲盡了。她的酒量並不太好，忽然酒興那麼濃，不會沒有理由。我為她斟了半杯，她說：

——下個月一號起，我不做了。

——跳槽？

——不是。

——對蠟板生涯感到厭倦？

——不是。

——既然這樣，為甚麼忽然有輟舞的念頭？

——嫁人！

——誰？你的對象是誰？

——一個年輕的舞客，你沒有見過。

這「年輕」兩字猶如兩支箭，直射我心，又刺又痛。我舉起酒杯，一口將酒喝盡，心亂似麻，祇是不開口。楊露說我醉了。我搖搖頭。楊露用纖細的食指點點我的臉頰，說我的面孔紅得像舞台上的關老爺。我知道我很激動；但是楊露竟視作酒的反應，我難免不感到失望，因為楊露對我的感情全不瞭解。

——你家裏的負擔可不輕？輟舞後，他們的生活費由誰來負擔？

——我不能為了他們一輩子不出嫁！

——他們必須活下去。

——這是他們的事。

聽語氣，楊露對她的父母頗不滿意。幾經詢問，才知道楊露曾經為了自己的婚事與嗜賭的父親吵過嘴。

楊露的固執，猶如一棵松樹。就一般情理來說，她的反抗不但是應該的；而且是必須的。不過，對於我，事情的突如其來，一若淋頭冷水。我一直以為楊露對我有特殊的好感，現在才證明不是。我與楊露間的感情等於一張薄紙，用蘸著唾沫的手指輕輕一點，就破。

34

我的感情發炎了，必須從速醫治。酒是特效藥，我一再傾飲烈性酒。

楊露的眼睛極媚。午夜的私語仍難遺忘。我將從此失去她了，一若扒手從我口袋偷去錢財。愛情與錢財都是重要的東西，失去錢財固可哀；失去愛情更可悲。

一杯。兩杯。三杯。四杯。……

眼睛變成繁星，在一塊小小的空間中跳團體舞。當北風脫去棉袍時，瘋狂似花朵茁長。

有歌聲不知來自何處。有人徵求紀德的《偽幣製造者》。時代不同了。畫家必須約束自己，不要用太少的顏色去表現內心世界。祇有陽光底下的事物才有那麼多庸俗的色彩。楊露也庸俗：她的嘴唇塗得太紅。

——不能再喝了。

（一個女人的聲音，當然是楊露。但是楊露背棄了我，使我的感情受了傷害。我必須在她面前虐待自己，讓她看了難過。）

我舉杯喝酒。

當她阻止夥計再端酒來時，我將鈔票擲在桌面。

一杯。兩杯。三杯。

——不能再喝了。

（語氣含有譴責意味，我聽得出。但是我必須在她面前虐待自己，讓她看了難過。）

眼淚是先頭部隊，狂哭隨後。牧者迷失路途抑或那一群小羊迷失路途？忽然想到七十二。這七十二是藍色的，因為我喜愛藍色。

七十二像風扇一般，旋轉不已，用欣賞風景的眼睛去觀看，風景卻在嘲笑他。

電車在唱歌。霓虹燈以強烈的光芒強迫路人注意。有蒼蠅停在我的鼻尖上，但春夜仍寒。這是需要一點勇氣的，一隻夏日的動物怎樣熬過降冬。

夢破了。

夢是一座沒有城牆的城。夢是猩猩筆底下的素描。夢是神話的兒子。夢是幻想的碎片。夢是虛妄。

思想有無形態？如果有的話，能不能用文字去表現它的蛻變？

文字是一種語言；而語言卻是思想的奴隸。

就某種意義上，思想的範圍比空氣還大。用小刀割一塊思想，放在實驗管中，從它的組織去認識無限大。

思想是沒有極限的。

宇宙有極限嗎?

有的。宇宙的極限就在每一個人的心中。

每一個人有一個世界。每一個人有一個宇宙。當這個人死亡時,世界消失了;宇宙也消失。宇宙的存在不是謎。生與死也不是謎。整個宇宙是一隻思想的盒子。這盒子是神的玩具。神在宇宙的極限外邊,將宇宙放在自己的掌心中,玩弄著,一若七歲孩童玩弄他的小鉛兵。

神在人的心中。

心與思想是一對孿生子。宇宙是最大的東西;同時也是最小的東西。它是一隻思想的盒子。當你把它想像作無限大時,它就無限大。當你把它想像作無限小時,它就無限小。當思慮機構失去效用時,它就不存在了。

思想是神。思想是造物主。思想是宇宙。思想是主宰。思想是每一個人的總指揮。

每一個人必須用思想去控制思想。

現在,思想醉了。思想越出軌道。亂若枯草,在黑色中捕捉黑色,在圓的範圍內兜圈子。

我終於聽到自己的笑聲。然而這不是真正的覺醒。這是一種偶發的覺醒,猶如爆竹一般,一閃即逝。

然後我聽到一個女人的聲音：

——怎麼會醉成這個樣子的？

我以為是楊露，但聲音不像。睜開眼來觀看，眼前出現一片模糊。那情景，像極了失去焦點的照相。於是，我又聽到了自己的笑聲。

——楊露，不要離開我，我說。

沒有回答。

我看到一些凌亂的紅色。

天色仍在旋轉，整個世界失蹤了。眼前的一切猶如電影上的淡出，朦朦朧朧，模模糊糊。外在的真實已失去真實，思想依舊混亂。

（一隻白色的羊。兩隻白色的羊。三隻白色的羊。月亮對地球宣戰。賈寶玉初試雲雨。皇后道上的百貨商店。到處是大廈。請行快的與香港文化。）

（病態的夜。澳門即將賽狗。中環填海區發展計劃。庸俗音樂的歌詞有太多的「你愛我」與「我愛你」。曹雪芹與喬也斯的遭遇頗多相似之處，喬也斯在瑞士時窮得必須接受別人的施捨，曹雪芹也度著「舉家食粥酒長賒」的日子。喬也斯的《優力西斯》曾遭受衛道之士的譭謗，曹雪芹的《石頭記》也被乾隆皇帝的堂弟目為怨謗之作。）

（好的文章一定會被時代發現的。）

（大賽馬配磅表公布。胡適逝世一週年。今年二月是曹雪芹逝世二百週年紀念。雞尾酒。馬背上的歌唱者。有人說，現代主義已死亡。有人卻高呼現代主義萬歲。）

（戲劇落幕了。灰色。聲音極難聽。陽光是不要錢的。一杯加了糖的啤酒。思想關在籠子裏。呼吸迫促。跑百米的運動員用勞力換取失望。橋。香港與九龍之間應該有一座鐵橋。雨量稀少。一對年輕人在皇后道握手。）

（慾望。無休止的慾望。理智與問題。女學生結隊去看卓比戚加的扭腰舞。）

（卓比戚加是個嚴重的世紀病患者。沉默的一代。海水藍得可愛。為甚麼不能消除恐懼？）

（藝術尚未到達盡端；但是頑固派卻畏懼任何新的開始。有人在嘲笑抽象畫，卻又能欣賞發自絃線的音質。）

（鹽焗雞。從人造衛星發射火箭。群眾都在微笑。上帝手中也有一張演員表。我們是理性的動物。二加二等五。錯誤。聖人也有三分錯。那天中午他走過斑馬線去吃燒雞飯。）

（希望，虛妄，絕望，再生的希望。理想穿上咖啡色西裝。工地塌方，壓傷工友。本港存水量僅得六十五億加侖。眼睛裏充滿驚奇。一個主題的產生。石器時代就有兩性的戰爭了。奇怪，我怎麼會見到這樣凌亂的紅色？）

35

——奇怪，我怎麼會見到這樣凌亂的紅色？我問。

回答是：

——你做了一場夢。

站在床邊的不是楊露；而是一個穿著白衣的護士。

她在笑。她的笑容很可愛。我不認識她；也不知道躺在甚麼地方。陽光十分明媚，從窗外射到我的床上。我心裏有了一個問題，祇覺得她的笑容非常可愛。

——楊露呢？我問。

——誰？

——那個跟我在一起喝酒的女人。

——對不住，我也不清楚，護士說。

——我怎會躺在這裏？

——警方送你來的。

——警方？

——你受傷了。

——我怎會受傷的？

——有人用酒瓶打破你的頭。

——誰？

——我也不清楚。

——一定是楊露。對！一定是楊露！昨晚我與她在一家東江菜館喝酒。但是，她為甚麼要用酒瓶擊傷我？

——昨天晚上，醫生替你縫了幾針，現在仍須好好休息。

——請你拿一份當天的日報給我，祇看五分鐘。

護士想了想，轉身走出病房。稍過些時，拿了一份日報來。

「港聞」版有一條花邊新聞，標題是：「舞女楊露發雌威，酒瓶擊破舞客頭。」內容則謂：「昨晚八時許，舞女楊露偕一四眼西裝客在一家菜館進餐，傾飲洋酒，初則嘻嘻哈哈，旋則反唇相稽，最後楊露忽然高舉酒瓶，憤然朝舞客擊去。舞客躲避不及，弄得頭破血流，狀極可怖。店中人士即喚召差人，將楊露拉入警局，並急召救傷車將該舞客送入醫院治療。事後，據菜館中人稱：兩人醉後引起爭吵，原因不詳。」

（酒不是好東西，必須戒絕，我想。但不知楊露被拉入警局後，會受到甚麼處分？楊露是個好人，她用酒瓶打我，當然不會沒有理由。祇要有理由，就得原諒她。可是，她用酒瓶擊傷了我，警方肯原諒她嗎？我應該馬上離開醫院，到警局去解釋一切，也好減輕楊露的罪狀。昨天晚上楊露喝了不少，一定也醉了，要不然，絕對不會發生這樣的事情。她是一個好人，雖然她已決定嫁給另外一個男人。我不明白她為甚麼用酒瓶擊破我的頭，相信不會沒有理由。）

●

在醫院裏躺了幾天，不能執筆撰寫連載小說。出院後，有一家報館的負責人向我提出警告，說是以後絕對不能斷稿，即使病在醫院，也不能。

這是職業作家的悲哀。

在香港，一個職業作家必須將自己視作寫稿機器。如果每天替七家報紙寫七個連載文字，不論武俠也好，隨筆也好，傳奇也好，故事新編也好，這架機器就得擠出七千字才能算是完成一天的工作。

人與機器究竟不同。

人是有感情的。

可是在香港做職業作家，就必須將自己視作機器。情緒不好時，要寫。病倒時，要寫。寫不出的時候，要寫。有重要的事需要做的時候，也要寫。

在香港，萬般皆上品，唯有讀書低。文章倘想躋於商品之列，祇好不問價值；但求價格。

機器尚且會有失靈的一天，人怎會不病？在香港，做一個職業作家，竟連患病的自由也沒有。

我很生氣，毅然向那家報館負責人表示不願繼續為他們撰稿。

他大笑。笑聲極響。我憤然走出報館，第一件想到的事便是飲酒。

我要喝酒，我要喝酒，我要喝更多的酒。笑聲猶如四堵牆壁，圍著我，使我無法用理智去適應當前的一切。我在一家餐廳喝了些酒；然後與一個的士司機交換了幾句，然後見到一對明亮似鑽石的眸子。

——你又喝醉了，她說。

——沒有醉，我說。

——也許你還沒有醉，不過，你不能再喝了。

——為甚麼？

——因為我要帶你去一個地方。

——做甚麼？

——我的女兒很想見見你。

——你是說：你要將你的女兒介紹給我？

——正是這個意思。

——多少錢？

——三百。

——我還沒有中馬票。

她笑了。血紅的嘴唇映得牙齒格外蠟黃。（她不應該抽那麼多的菸，我想。）

忽然感到一陣暈眩，地板變成天花板。有人大聲責備我，世界猶如萬花筒。我笑。她也笑。於是見到一個年紀很輕很輕的女孩子，不會超過十四歲，比司馬莉與楊露還小。我不敢看那充滿了恐懼神情的眼睛，心裏有一種不可言狀的感覺，想走，給那個徐娘攔住了。

——我沒有錢，我說。

——別以為她年紀輕，她一定可以使你得到快樂。

——我知道；但我沒有那麼多的錢。

——你有多少？

我從口袋裏將所有的錢財都掏出來，七八十元。她一把奪了去，疾步走出房間，將房門關上了。我渾身起了雞皮疙瘩，卻不知道甚麼原因。那小女孩端坐在床沿，低著頭，像舊式婚姻的新娘。很窘。空氣猶如凝固一般。

——你幾歲了？我問。

——二十。

（謊話！多麼可憐的謊話！我想。）

——你常做這種事情？

——這是第一次。

（謊話！多麼可憐的謊話！我想。）

——你願意這樣做？

——我父親病了，沒有錢買藥吃。

我掉轉身，拉開房門，如同一匹脫韁的馬，飛也似地往外急奔。我跌了一跤，被兩個好心的路人扶起。我彷彿被人毆了一拳，痛得很。

（這是一個人吃人的世界！這是一個醜惡的世界！這是一個祇有野獸才可以居住的世界！這是一個可怕的世界！這是一個失去理性的世界！）

文章變成商品。

愛情變成商品。

女孩子的貞操也變成商品。

那個無恥的徐娘，知道男人們不喜歡她那皺得似地圖的肚皮了，覺悟於磁力的消失，竟將個半醉的男人與她的女兒關在一間板房內。

（也許這不是第一次，我想。也許這個女孩子已染上了花柳病。多麼可悲呀，一個未成年的花柳病者。）

突然的覺醒，猶如劇終時的燈火驟明。酒不是逃避現實的橋梁。當現實醜到無法面對時，酒與水不會有甚麼分別。那一對可憐的眸子，如黑夜的星星被烏雲掩蓋。在這罪惡的集中營裏，女孩子被逼動用原始的資本。

一條街。來來往往的都是野獸。笑聲不會鑽入自己的耳朵，誰也不能從鏡子裏找到自己。有啞音狂呼號外，原來是賽馬期的「戰果」。

周圍都是不順眼的事物，像攀牆草的莖，纏著我的感受。想逃；無處可去。最後，發現已躺在自己的床上，雷老太太在我耳畔說了一連串的問話，嘁嘁喳喳，猶如剛關在籠子裏的蔴雀。我有太多的謎，欲求解答，結果更糊塗。

我哭。

雷老太太也陪我流淚。

於是我噙著淚水笑了，覺得這位老太太實在滑稽得很。當她說話時，聲音十分微弱，教人聽了，產生殘燭在風中搖曳的感覺。

然後她也笑了。也噙著淚水。

讓我靜靜地休息一下，我說。

她叮嚀我幾句，走了。臨走時，臉上仍有焦慮的表情，看起來，很像做母親的人意外地見到突然受傷的兒子。

忽然想到浴間有一瓶滴露。

那是一瞬即逝的意念，扭熄燈，渴望走進別人的夢境。

不知道繼續活下去還有甚麼意義？但是十個活人中間，至少有九個是不想探求生存的意義的。

我又何必自尋煩惱，人生原是上帝嘴裏的一句謊話。

36

上午八點：翻開日報，在副刊裏看了幾篇黃色文字。

上午九點一刻：我想喝酒，但是酒瓶已空。我伏在書桌上，將兩家報紙的連載小說寫好。

上午十點半：雷老太太出街回來，說是信箱塞著一本書，打開一看，原來是《前衛文學》第二期。我彷彿見到了一個久別重逢的老友，情緒登時緊張起來。但是，當我將內文約略看過一遍之後，我是大大地失望了。麥荷門無法找到水準較高的創作；同時在譯文方面也錯誤地選了一些陳舊的東西；一篇討論狄更斯的寫實手法；另一篇則研究莎士比亞的喜劇。狄更斯與莎士比亞無疑是世界文學史上的兩個巨匠；但是一本題名「前衛」的文學雜誌應該在其有限的篇幅中多介紹一些最新的作品與思潮。事實上，研究狄更斯與莎士比亞的專書不知道有多少，《前衛文學》偶爾發表一兩篇評介文字，絕不會產生任何作用。這樣的做法，顯然有悖於創辦這本雜誌的宗旨。但是我已變成一個依靠撰寫黃色文字謀生的人，當然沒有資格再給荷門任何忠告。我嘆了一口氣，將這本《前衛文學》擲入字紙簍。

中午十二點半：我在「金馬車」吃羅宋大餐，邊吃，邊聯想到舊日上海霞飛路的「弟弟斯」與「卡夫卡斯」。那些沒有祖國的白俄們，如何用古老的烹調法去賺取中國人的好奇。

下午兩點半：我在「豪華」戲院看電影。一張陳舊的片子，依舊不失其原有的光澤。

下午四點半：我在怡和街遇見一個老同學。他吃驚地問我甚麼時候到香港的，我說十幾年了。他說他在這裏也住了十幾年，怎麼從未跟我碰過頭。於是一同走進情調優美的「松竹餐廳」。他要了咖啡；我要了茶。他敬我一支菸，但是那是一種廉價菸，吸在嘴裏，辣得很。問起近況，他說他在一家進出口商行當雜工。我聽後，久久發愣，嘗到了一種淒涼的滋味。（一個大學畢業生，為了生活，竟在一家進出口商行當雜工。這是甚麼世界？這是甚麼時代？）然而他還在笑；而且笑得如此安詳。他說他明白我的意思；同時用樂觀的口氣作了一番解釋。按照他的說法：大學畢業生做雜工並不是一件可恥的事情；即使拉黃包車，也絕不可恥。重要的是：自己能不能安於貧？能不能減少自己的慾望？能不能心平氣和地接受現實？

下午五點半：與這位老同學在街口分手，望著他的背影，我見到了一個平凡的巨人。

下午五點三十五分：走進一家書店，有人將乾隆壬子程偉元「詳加標閱改訂」的第二次木活字排印本百廿回《紅樓夢》全部影印出來了。這是近年出版界的一樁大事，值得讚揚，如果一般唯利是圖的盜印商也肯做一些諸如此類的好事情的話，對於下一代必可產生極其良好的影響。

下午六點正：坐在維多利亞的長椅上，看落日光將雲層染得通紅。

下午六點四十分：沿著英皇道向北角走去。十年前的北角像一個未施脂粉的鄉下姑娘；今天的北角是濃妝艷服的貴婦人。

晚上七點一刻：在「四五六菜館」飲花彫。夥計特別推薦新的蟶子[31]。我要了一碟。離開上海到現在，已經十四年了。整整十四年沒有嘗過蟶子。想起似煙的往事，完全辨不出蟶子的鮮味。

晚上八點十分：站在一家玩具店門前，看櫥窗裏的玩具。童心未泯抑或太過無聊？

晚上九點：搭乘電車去灣仔，在一家手指舞廳購買廉價的愛情。我知道我是想去尋找楊露的；但是我竟一再欺騙自己。走進舞廳後，心裏想叫楊露坐枱，嘴上卻講出另外一個舞女的名字。那舞女笑瞇瞇地走過來，坐定，細聲告訴我楊露已經輟舞了。我心似刀割，緊緊摟著她，將她當作楊露。楊露是一個可憐又復可愛的女孩子；她接受了我的同情；卻拒絕了我的愛情。對於我，這是一次難忘的教訓。

晚上十一點半：我與一個自稱祇有二十歲的老舞女在「東興樓」吃消夜。我並不飢餓，但是我向夥計要了一些酒菜。我並不喜歡這個老舞女，但是我買了五個鐘帶她出來。當我跟她共舞時，我感到孤獨。樂隊企圖用聲音使人忘記時間。人的感情被煙霧包圍了。忽然有人輕拍我肩，回過頭去，原來是梳著雀巢髮型的司馬莉。很久不見了，這位早熟的女孩子依舊塗著太黑的眼圈。她

31 海鮮貝殼類食材，俗稱蟶子（蟶音ㄔㄥ）。

說她的父母到朋友家裏打馬將去了。她說她已輟學。她說她決定下個月結婚。她說她很愉快。她說她希望我能夠參加她的婚禮。關於這一點，我坦白告訴她：我是不會參加的。她笑了，笑得很狡獪。她用揶揄的口脗指我膽小似鼠。我並不覺得這是一種侮辱，因為她仍年輕。

37

「……你的徵稿信，早已收到了，因為想好好寫一個創作短篇寄給你，遲至今天才覆。」

「自從來到英國後，曾經用英文寫過幾篇〈旗袍的沿革〉以及〈纏腳與辮子〉之類的無聊文字，發表在此間的報章雜誌上。這樣做，沒有別的目的，祇想騙取一些稿費。你來信指定要我寫短篇創作，但是我連講中國話的機會都很少，哪裏還有能力寫中國文章？不過，我對你辦《前衛文學》的宗旨極表贊同，因此毅然重提禿筆，寫了這個短篇給你。在落筆之前，我是頗有一些雄心的，寫成後，始知力不從心。我在這篇創作中所採取的表現手法相當新，可是並不成功。如果你認為不及格的話，不妨擲入字紙簍，反正這是一個嘗試，用與不用，對我全無分別。

「在英國，有時候也會遇到一些剛從香港或南洋各埠來此留學的年輕人，談起五四以來的新文學，他們總是妄自菲薄地說我們的小說家全部交了白卷。其實，這樣的看法顯然是不正確的。事實上，數十年來，新文學小說部門的收穫雖不豐，但也不是完全沒有表現的——特別是短篇小說。問題是大部分優秀的短篇小說，都被讀者忽略了。由於讀者的忽略以及連年的戰禍，短篇小說湮滅之速，令人吃驚。那些在報章雜誌上刊登而沒有結成集子的固不必說，即是僥倖獲得出版家青睞的，也往往印上一兩千本，就絕版了。中國讀者對作者的缺乏鼓勵性，不但阻止了偉大作品的產生；而且使一些較為優秀的作品也無法流傳或保存。為了這個緣故，我總覺得寫短篇小說是一樁白費氣力的事情。

「但是可嘆的事還不止這一樁。」

「如果我們的讀者不能欣賞文學領域裏的果實；那末外國讀者更加無法領略了。魯迅的《阿Q正傳》曾經譯成數國文字，但也並不能使歐美的讀書界對我們的新文學有一番新的認識。相反，這篇小說的受人注意遠不及林語堂譯的《中國短篇小說集》——選自《三言》的幾個古典短篇。外國人對中國發生興趣的事，似乎永遠是：男人的辮子、女人的纏足、鴉片、小老婆、舊式婚姻儀式、舊式的社會制度以及古老的禮教習俗……除此之外，他們就無法接受中國男人早已剪去辮子以及中國女人早已不再纏足的事實。

「諸如此類的現象，都是使有心人不肯從事嚴肅的文學創作的主要原因。

「你來信說我在抗日時期發表的幾個短篇，相當優秀。感謝你的讚美。不過，我自己倒並不覺得它們有甚麼好處。這就是我自己為甚麼不將它們保存的理由。

「這些年來，在英國讀了不少好書，對於小說方向，倒是比較看得清楚。不過，由於雜務太忙，同時也得不到任何鼓勵，所以一直沒有提筆嘗試。當我收到你的來信時，我的喜悅實非筆墨所能描摹。我還沒有完全被遺忘，至少有一個像你這樣的朋友居然還記得我的存在。你要求我寫一個短篇創作給你，我很高興。我甚至暫時停止集郵的癖好，每晚伏在書桌上寫稿。對於我，這已經是一件非常陌生的事了。文章寫好後，重讀一遍，才知道荒廢太久，眼高了，手太低。我不能寫一個出色的短篇，原非出於意料之外的事情。這種情形，與一個運動員的成績頗為相似。當他二十歲時，他曾經有過一米八十的跳高紀錄，十年之後，以為自己至少可以越過一米六十的，結果連一米四十都無法越過。

「這個短篇，是一個失敗之作。然而我還是將它寄給你了。這樣做，祗有兩個理由：第一，我要你知道我確確實實為你寫了一個短篇，雖然它是一個失敗之作；第二，將這篇失敗的作品寄給你，因為我知道今後恐怕連這樣的東西也寫不出。

「你給我一個考驗自己的機會，我很感激你。我也許再也沒有勇氣執筆寫小說了；但是我願意坦白告訴你，我對於文學的興趣絕不會因此而消失。如果有優秀的作品，我還是樂於閱讀的，如果你肯將《前衛文學》寄給我的話，我會感到極大的興趣。……」

信寫到這裏為止，署名是「路汀」。

●

路汀是一個嚴肅的小說家，產量極少，但是每一篇都有獨特的風格與手法。抗戰時期，他發表過幾個優秀的短篇，寫大後方的小人物怎樣在大時代中求生存。朋友們對他的作品都予以相當高的評價。有的甚至說他的成就高過沈從文。不過，路汀是個教育家，必須將大部分的時間花在課堂裏，除此之外，他還是一個郵識非常豐富的集郵家。所以，他的產量少得可憐。

我常有這樣的想法：如果讀者能夠給路汀更多的鼓勵；或者像路汀這樣優秀的作家能夠專心從事寫作；那末他將產生更多更成功的作品，應該是毫無疑問的。這些年來，為了生活得合理些，他帶著妻子兒女到遙遠的英國去做教書匠。他對文學的愛好一若集郵，屬於玩票性質，並不認真。但是他的短篇寫得那麼精采，正如他的郵集中藏有不少珍品一般。讀者一向對他不大注意，他也毫不在乎。他所以會提筆撰寫那麼幾個短篇，完全是一種娛樂，其情形與粘郵票，聽唱片，甚至看一場電影並無分別。唯其如此，才值得惋惜。我們這個國家，有多少天才被埋沒了，不能得到發揮。祇有那些唯利是圖的作家們，卻在外國專門販賣中國的老古董，藉此欺世盜名，以肥一己的私囊。路汀在英國住了幾年，可能也看得眼紅了。要不然，絕不會撰寫〈旗袍的沿革〉以及〈纏腳與辮子〉之類的文章的。對於一個像路汀這樣有才氣的人，寫這種無聊文章，總不能不算是一種浪費。我倒是希望他撥出一部分時間來撰寫短篇小說。但是，由於長期的荒廢，再提筆，路汀就發現「眼高手低」了。這是他自己講的話，未必可靠，且看他的作品。

●

路汀寄來的短篇，題名〈黃昏〉，八千字左右，以嶄新的手法寫一個老嫗坐在公園的長椅上，睜大眼睛，凝視兩個小女孩在草地上玩皮球。

題材相當普通，但表現手法非常別緻。

首先，他不厭其詳地描寫晚霞在短短幾分鐘內的千變萬化。以千變萬化的晚霞，象徵老嫗煩亂的心情。老嫗年事已高，對人世仍極留連；而美麗的黃昏卻引起了她的恐慌。

她貪婪地望著兩個玩皮球的女孩子，覺得她們在落日光照射下，更加美麗了。老嫗也曾年輕過的。老嫗也曾在落日光下玩過皮球。但是，這些都已變成回憶。她知道自己即將離開人世，因此產生了一種奇異的意念。

她憎厭晚霞的千變萬化。

她妒忌那個小女孩。

因此，當皮球落入池塘時，一個小女孩站在塘邊流淚痛哭，老嫗悄悄走到她背後，將她推入池塘。

這是一個非常出色的短篇，不但題材新穎，而且手法高超。在描寫老嫗的心理變化時，路汀故意以晚霞來陪襯，並以之作為暮年的象徵，既細膩，又深刻，寫來精采百出，令人拍案叫絕。

路汀在來信中說「這是一個失敗的作品」，其實是不確的。依我看來，這是五四以來罕見的佳作。

我興奮極了，立刻寫了一封覆信給路汀。

●

「……大作〈黃昏〉收到了。這是一個罕見的佳作。作為你的忠實讀者，我必須向你致賀。《前衛文學》已出兩期，因為此間的文藝工作者多數改寫庸俗文字，想維持一定的水準，並不容易。以過去兩期的內容來看，態度雖嚴肅，距離理想仍遠。你的〈黃昏〉將使《前衛文學》成為第一流的文學雜誌，同時逼使有良知的文學史執筆者非提到它不可。……」

●

我忍不住跟麥荷門通一次電話。

——路汀從英國寄來一個短篇，寫得非常出色，想馬上拿給你。

——好的。

——甚麼地方見面？

——甘谷。

——甚麼時候？

——現在。

擱斷電話，我立刻出街搭乘電車，抵達「甘谷」，荷門已先我而在。

——這是一個非常出色的短篇，我說。

麥荷門從我手裏將稿件接過去，因為字數不多，當場讀了一遍。讀後，我興奮地向他投以詢問的凝視。他將稿件塞入公事包後，用淡淡的口氣問我：

——吃不吃蛋糕？

冷淡的反應，使我詫愕不已。我問他：

——你覺得這篇小說怎樣？

——還過得去。

——過得去？這是一篇傑作！

我激動地提高嗓音，使鄰座的茶客們也吃了一驚。但是荷門臉上依舊沒有鼓舞的表情，彷彿我的見解完全不值得重視。關於這一點，我倒並不介意，事實上，別人肯不肯重視我的見解，無所謂。問題是：一篇優秀的作品出現了，如果連荷門這樣的人都不能欣賞的話，今後還會有甚麼人願意從事嚴肅的寫作？

麥荷門對文藝的欣賞力並不高，他之所以毅然創辦《前衛文學》，全憑一股熱誠。優秀的作品常常是沒有價格的；有價格的作品往往庸俗不堪。這就是武俠小說為甚麼能夠暢銷；而戴望舒譯的《惡之華掇英》竟連三百本都賣不掉。

荷門明知辦《前衛文學》非蝕本不可，卻有勇氣辦。這一份勇氣固然值得欽佩，但是不能辨別作品的優劣，辦這份雜誌的意義也就隨之喪失。

他有決心辦一本第一流的文學雜誌；可是收到第一流的稿件，竟無法辨識其優點。這是一件可悲的事情；比《前衛文學》的不能受到廣泛注意更可悲。

（真正的文學工作者就是這樣孤獨的，我想。麥荷門也是一個孤獨者；然而他所受到的痛苦遠不及路汀多。麥荷門至今對文學仍有熱誠；而路汀卻連這一股熱誠也消失了。如果不是我向他徵稿，他是不會做這種傻事的，路汀是一個甘於孤獨的人，我又何必一定要鼓起他的寫作熱誠？）

於是我對荷門說：

——路汀旅居英國已有多年，很少機會用中文寫文章。如果你覺得這篇〈黃昏〉不夠水準的話，讓我退還給他吧。

——荷門略一躊躇，居然打開公事包，將路汀的〈黃昏〉退還給我。

我氣極了，立刻吩咐侍者埋單。我說：

——另外有一個約會，先走了。

——我也有事，一同下樓，他說。

乘自動電梯下樓，走出中建大廈，在街口與荷門分手。

我與荷門的友誼從此告一段落。

●

回到家裏，第一件事便是重新寫一封覆信給路汀。我不知道應該怎樣向他解釋，祇好將實情告訴他：

「……收到大作時，我已辭去《前衛文學》的編務。現在的編者，是個對文學有熱誠而欣賞水準相當低的青年。他從他母親那裏拿了五千塊港幣，一心想辦優秀的文藝雜誌；但是由於他的欣賞水平太低，雜誌發刊的稿件（包括第二期的譯文在內），多數不符理想。」

「香港這個地方，不容易產生第一流的文學作品；也不容易產生第一流的文學雜誌。環境如此，不能強求。」

「你的〈黃昏〉是一篇傑作。許久以來，我沒有讀過這樣優秀的短篇創作了。我向你致敬。」

「不過，將這樣一個優秀的作品發表在一本名為《前衛》而實際相當落後的文學雜誌上，簡直是一種浪費。因此，我建議你將它譯成英文，發表在英美的文學雜誌上。」

「我的建議也許會引起你的猜疑，但是我願意以我們二十多年的友誼來保證，我說的句句都是實話。香港的文化空氣，越來越稀薄了。書店裏祇有武俠小說、黃色小說、四毫小說、彩色封面的冒牌文藝小說……這些都是商品；而書店老闆皆以賺錢為目的。他們需要的祇是商品，不是真正的文學作品。」

「我不願意糟蹋你的佳作，所以將它寄回給你。」

「最後，希望你能撥出一部分時間用英文撰寫小說。如果你肯在這方面下些工夫，相信必可在國際文壇占一席地。……」

•

信寄出後，獨自走進一家餐廳去喝酒。我希望能夠暫時逃避一下，很想喝個痛快。

38

第一杯酒。

（有人說：曹雪芹是曹顒的遺腹子，有人說：曹雪芹是曹頫的兒子。有人說：曹頫是曹寅的義子。有人說：曹雪芹原籍遼陽。有人說：曹雪芹原籍豐潤。有人說：曹雪芹卒於乾隆二十七年壬午除夕。有人說：曹雪芹卒於乾隆二十八年癸未除夕。有人說：脂硯齋是曹雪芹的舅舅。有人說：脂硯齋是曹雪芹的叔叔。有人說；脂硯齋是史湘雲。有人說：脂硯齋是曹雪芹自己……曹雪芹死去才兩百年；我們對這位偉大的小說家的生平竟知道得這麼少！）

第二杯酒。

（聽說電車公司當局正在考慮三層電車。聽說維多利亞海峽上邊將有一座鐵橋出現。聽說斑馬線有被「行人橋」淘汰的可能。聽說獅子山的山洞即將鑿通了。聽說政府要興建更多的廉價屋。聽說尖沙嘴要填海。聽說明年將有更多的遊客到香港來。聽說北角將有汽車渡海小輪。聽說——）

第三杯酒。

（在新文學的各部門中，新詩是一個孤兒，幾十年來，受盡腐儒奚落。五四以前，我們沒有白話詩；五四以後，我們有了白話詩。新詩之所以為新詩，就是因為它與舊詩不同。唯其如此，舊詩擁護者竟愚昧地借用唐・吉訶德的長矛，將新詩當作風車刺去。章士釗之流的被擊敗，早已成為歷史；時至今日，如果再來一次論戰的話，那就跡近浪費了。談問題，做學問，切不可動意氣。儘管意見相左，大家仍須心平氣和，你把你的理由說出來，我把我的理由說出來，到了最後，總可找到正確的答案。如果討論問題的人一味吊高嗓子，倣尤潑婦之罵街，捲起衣袖，瞪大眼睛，不求問題的解答，但鬥聲音的高低，嘩啦嘩啦地亂嚷亂喊，弄得面紅耳赤，即使扭上法庭，也是一點意思都沒有的。前些日子，我們的的確確看過這種醜劇的，現在雖然沉寂下來，問題依舊存在。有人讀了些英文，就認為中國非「西化」不可；有人讀了些四書五經，就認定救國唯復古一道，其實問題卻是平常到了極點，祇是大家不肯用常識去解釋。我們是吃米飯的民族，每個人從小就養成吃飯的習慣，不易更改。但是，我們絕不能因自己養成了吃米飯的習慣，就強辭奪理地否定麵包的營養價值。答案就是如此的簡單，沒有必要花那麼大的氣力去爭辯。我們的祖先是用慣了油盞與蠟燭的；自從愛迪生發明了電燈之後，外國有了電燈；我們也有了電燈。這些年來，我們大家都在用電燈，一致承認它比油盞與蠟燭更光亮，更方便，更進步。如果將舊詩喻作蠟燭或油盞，那末新詩就應該被喻作電燈了。新詩是新文學各部門中最弱的一環，現在正在成長中。那些對蠟燭與油盞有特嗜的復古派，絕不應憑藉一己的喜惡，對它大加摧殘。）

第四杯酒。

（女人為美麗而生存；抑或美麗因女人而提高價格？在我們這個社會裏，愛情是一種商品，女人變成男性狩獵者的獵取物，女人。女人。女人。女人。）

第五杯酒。

（在地獄裏跳舞。１２３４５。日本電影量質俱佳。三月之霧。從鏡子裏看到了甚麼。《西遊記》是一部現實主義作品。春季大馬票。智利隊定下月來港。象牙與雕木。孕婦最好不要吸菸。紅燒大鮑翅。福克納無疑是一個奇才。我希望我能買中大冷門。）

第六杯酒。

（二加二等於五。酒瓶在桌面踱步。有腳的思想在空間追逐。四方的太陽。時間患了流行性感冒。茶與咖啡的混合物。香港到了第十三個月就會落雪的。心靈的交通燈熄滅了。眼前的一切為甚麼皆極模糊？）

第……杯酒。

紫色與藍色進入交戰狀態。眼睛。眼睛。眼睛。眼睛。無數雙眼睛。心悸似非洲森林裏的鼙鼓。紫色變成淺紫，然後淺紫被藍色吞噬。然後金色來了。金色與藍色進入交戰狀態。忽然爆出無數種雜色。世界陷於極度的混亂。我的感受也麻痺了。

——醉了，有人說。

——酒錢還沒有付。

——搜他的口袋，如果沒有錢的話，送他進差館！

我的身子猶如浮雲般騰起。癢得很，那人的兩隻手撫摸我的大腿。我大笑。

——不是喝霸王酒的，有人說。

——多少錢？

——六十幾。

——扣去酒錢，將其餘的還給他。

——奇怪，他為甚麼這樣好笑？

——醉鬼都是這樣的。

我的兩條腿完全失去作用。地似彈簧，天似籠罩。一切都失去了焦點，沒有一樣東西是靜止的。我覺得這個世界很可笑；但是我流淚了，辨不清東南西北；也分不出黑夜白晝。太陽等於月亮。（為甚麼老不下雨？我想。）我喜歡有雨的日子，當我情緒低落時。

——我不認識這個醉鬼！

（一個女人的聲音，我想。）但是我看不清楚她是誰。我的視線模糊了，彷彿戴著一副磨沙玻璃眼鏡。

——他叫我將車子駛到這裏的，有人說。

——但是我不認識這個酒鬼！（多麼熟悉的聲音，然而我的視線怎會這樣模糊？）

——我沒有醉！我說。

——哼！還說沒有醉！連身子都站不穩！

——我實在沒有醉！

我睜大眼睛凝視，她的臉型猶如曇花一般，一現即逝。但是我已看得清清楚楚：她是張麗麗。如果張麗麗不能算作我的愛人，最低限度，她是曾經被我熱愛過的。現在，她竟說不認識我了，這是甚麼話？

——喂！你的家究竟在哪裏？有人問。

——我也不知道。

——沒有家？

——有的，有的。

——在甚麼地方？

不知道。

耳邊忽然響起一串笑聲。（誰在笑？笑誰？）笑聲似浪，從四面八方湧來。（笑是深紅色的，含有恐怖意味。我在等甚麼？等奇蹟抑或上帝的援手？）我完全不能幫助自己，彷彿躺在一個夢幻似的境界中；又彷彿走進了人生的背面。笑聲依舊不絕於耳，猶如浪潮般衝過來。不要太陽，也不要月亮，用手擋住過去之煙霧，更無意捕捉不能實現的希望。我接受笑聲的侵略，並不覺得這是一種恥辱。我要認清當前的處境；但是那一對又黑又亮的眸子忽然消失了。（我做了一個夢？夢見一些不規則的現實？）我覺得好笑。然後霓虹燈開始向路人拋媚眼。我的頭，好像一塊布，放在縫紉機的長針下面，刺痛得很。（奇怪，我怎麼會躺在人行道上的？這些人為甚麼圍著我？我做過些甚麼？我躺在這裏多久了？我為甚麼躺在這裏？）一連串的問題，在我腦海裏兜圈子。我勉強支撐起身子，頭部劇烈刺痛。我知道我喝醉了；但是不知道在甚麼地方喝的酒，周圍有一圈眼睛，猶如幾十盞探照燈，全部集中我的身上。（我是猴子戲的主角，必須離開這裏，我想。）挪開腳步，這士敏土的人行道遂變成彈弓了，軟綿綿的，不能使自己的身子獲得平衡。（我在這裏一定躺了好幾個鐘頭，但我怎麼會到這裏來的？）抬起頭，游目四矚，才知道那是張麗麗的寓所。於是我想起那一對又黑又亮的眸子。我心裏有一種不可言狀的感覺。搖搖頭，想把混亂的思想搖得清楚些。我立刻記起了那句話：

——我不認識這個酒鬼！她說。

沒有一件事比這更使我傷心的了，我得問問清楚。走上樓梯，按鈴，門開一條縫。一個女傭模樣的人問我：

——找誰？

——找張麗麗。

——她出街了，不在家。

說罷，將門關上。我第二次按鈴，因為我聽到裏邊有馬將聲。門啟，裏邊走出一個男人。這個人就是紗廠老闆，我見過。

——找誰？他問。

——找張麗麗小姐。

——她已經嫁人了，請你以後不要再走來嚕囌。

我堅持要跟麗麗見面。他臉一沉，撥轉身，回入門內，憤然將門關上。我又按了兩下門鈴，但是這一次，走來開門的卻是兩個彪形大漢。

39

一家報紙將我的長篇版位刊登了別人的作品。

過兩天，另外一家報紙將我的長篇版位刊登了別人的作品。

在這個時候，祇有一樣東西最需要：酒。

酒不能使我獲得快樂；但是它能使我忘記痛苦。我曾經大醉過兩次，想喝酒時，發現酒瓶已空。

沒有錢買酒，也沒有勇氣向麥荷門商借。酒癮大發時，竟伏在桌上哭得像個嬰兒。雷老太太問我為甚麼流淚，我不說，我不能將心事告訴她，唯有流淚。

沒有酒，等於鐵籠裏的獅子，悶得連骨骼都發軟。雷老太太一直在捕捉我的意向，始終沒有想到我在發酒癮。我心煩意亂，忽然產生一個可怕的思想：斗室就是籠子。悶得發慌，我必須出去走走了，因為身上還有一支派克五十一型的金筆。走進大押，當了十五塊錢。然後是一杯拔蘭地。

舉杯時，手在發抖。那一口酒，等於鎮靜劑，緊張的情緒終於鬆弛下來。

我在跟誰生氣？

跟自己。

我責怪自己太低能，無法適應這個現實環境。我曾經努力做一個嚴肅的文藝工作者，差點餓死。為了生活，我寫過不少庸俗文字，卻因一再病倒而觸怒編者。編者的做法是對的；我唯有責怪自己。

今後的日子怎樣打發？

找不到解答，向夥計再要一杯酒。我不敢想，唯有用酒來麻醉自己。我身上祇有十五塊錢，即使全部變成酒液喝下，也不會醉。我不知道，繼續生存還有甚麼意義？我想到死。

40

海是陷阱。

海是藍色的大缸。風拂過，海水作久別重逢的寒暄。大貨輪載著數以千計的生命，小心惴惴地從鯉魚門駛過來。有人興奮得流了眼淚，卻未必是悲哀。

太多的大廈令人有凌亂感覺。

漁船載失望而歸，渡輪最怕橋梁的藍圖。一切皆在求證，其實所有的實物都不存在。

保守派仍愛小夜曲。

有些不懂抽象畫的人，以為藍色堆在畫布上就可以造成海水的形象。這原不是值得悲哀的事。值得悲哀的是：那些對抽象畫一知半解的人，卻在鼓吹抽象畫。

向畢加索要求形象的表現，我們看到許多內在的柱子。

好的詩，決非鉛字的堆砌。寫《第五季》與《第十三月》的壞詩人太多了，結集在一起，專向子宮探求新奇，終於成為文壇的一個幫派。

海是陷阱。

海是藍色的大缸。這時候，跳海的念頭已消失，我變成風景欣賞者。

生的火焰需要一把扇子。第三隻眼睛曾見過剪落的髮屑。打一個呵欠吧，宇宙的眼睛正在窺伺感情怎樣被切成碎片。

走進思想的森林，聽到無聲的呼喚。朋友，當你孤獨時，連呼喚也是無聲的。忘不掉過去。

過去的種種，猶如一件濕衣貼在我的思想上，家鄉的水磨年糕，家鄉的猥褻小調。有一天，我會重覩老家門前的泥土顏色。

我欲啟開希望之門，苦無鑰匙。

我們一直重視文學，連我們的祖宗也是。然而直到現在為止，我們還不能確定《金瓶梅》的作者是誰？《醒世姻緣》的作者是誰？《續今古奇觀》的作者是誰？

恩情冷卻了。希望凝結成冰。海水雖藍，予我以憎厭的感覺。自殺據說是懦夫的行為，但也需要勇氣。

智慧如流星的一瞬，冷艷得很。茶杯上的雕紋，自然不是藝術。我看見熟讀唐詩的人，神往在路邊的廣告牌中。

忽然想起一張唱片的名字：《香港的聲音》。

兩個美國水兵站在街邊縱聲而笑。

——聽說瑪麗亞到墨西哥城去了？

——是的。

——真可惜。如果那天晚上我少喝一點酒的話，她就不會嫁給那個墨西哥人了。

——是的，那天晚上你不該喝那麼多。

——現在到甚麼地方去？

——鑽蹄。

——想吃一客上好的牛排？

——想看一對又黑又亮的眸子。

又是一串刺耳的笑聲，彷彿突然摔碎一隻大花瓶。

夜色四合，霓虹燈猶如妓女一般，以鮮艷的顏色引誘路人的注意。

舊的拆去了，新的尚在建築中。香港一九六三。年輕人都去修頓球場看夜波。

春園街的嘈雜。賣膏藥的人嗓子已啞。人。人。人。到處是人，摩肩擦背，一若罐頭裏的沙甸魚。那個梳長辮的妹仔驀然驚叫起來，說是有人在她屁股上擰了一把。於是，笑聲似浪潮。

有人將「麗的呼聲」扭得很響。

「……給我一個吻，可以不可以，吻在我的臉上，做個愛標記……」

狹窄的街頭，洋溢著古老的香港氣息。外國人拿了相機獵取題材，將它當作卡薩布蘭卡的暗巷。

紅豆沙。蓮子茶。鮮蝦雲吞麵。日本肉彈獻演熱舞。妖精打架。每套五蚊。兩個男人在梯間造愛。第一班良駒短途爭霸。怎樣挽救世道？天台木屋裏有人放映小電影。

——甚麼地方去？

——到「中央」去看何非凡的《去年今夕桃花夢》。

——買了戲票沒有？

——買了。你呢？

——到「香港」去看打鬥片。

火燒紅蓮寺，豹山神鶴劍，仙鶴神針，清宮劍影錄，吸血神鞭，射鵰英雄，女飛賊黃鶯，峨嵋劍俠傳，江湖奇俠傳，鐵扇子，天山神猿，青靈八女俠，沉劍飛龍傳，鴛鴦劍，劍氣千門錄，雙龍連環鉤，太乙十三掌，劍折天驚，魔俠爭雄記，大刀王五……

十幾歲的學童都看武俠小說。

有人從橫巷走出，尾隨著我，說是剛從鄉下出來的「新嘢[32]」，問我有沒有興趣。我聳聳肩，

32 新東西、新事物。

兩手一攤。這是一個商業社會，女人也變成貨物。

汽油燈像巨獸的眼睛。大牌檔上有牛肉味撲來。我應該吃些東西了，五毫子買了一碗牛雜。有兩個膚色黧黑的中年人，正在談論莫振華下山的事。一個說莫振華依舊是全港最佳的左翼；一個說南華會必有其難言之隱。兩個人都很衝動，脖頸上的血管猶如蚯蚓般地凸起。當我吃完牛雜時，他們打架了。起先，大家都很吃驚，後來，見他們扭作一團在地上滾來滾去，又覺得相當滑稽。有人提高嗓音說：

——兩個酒鬼！

看熱鬧的人齊聲哄笑。

（酒鬼都是現實生活中的小丑，我想。）

然後走上一條破爛的木梯。按鈴後，門上的小窗拉開一條縫。一隻眼睛，一隻含有審判意味的眼睛。

——找誰？

——找一個女孩子，十五六歲年紀，笑起來，左頰有一個酒渦。

——她姓甚麼，叫甚麼名字？

——不知道。不過，我曾經到這裏來過，是她母親帶我來的。她母親常在海邊找男人。

——噢，她們搬走了！

語音未完，小窗「嗒」的一聲閂上。我嘆口氣，頹然下樓。落街後，才似夢初醒地責備起自己來了。我身上衹有幾塊零錢，何必走去找她？尋思片刻，找不出甚麼理由來支持自己的做法。萬念俱灰，衹是缺乏離開塵世的勇氣：唯其如此，才想見見那個比我更可憐的女孩子。

走到大道東，拐彎，向南走去，經過摩里臣山道，禮頓道，利園山道，到達銅鑼灣。在怡和街口見到一個失明的乞丐。我覺得他比我更可憐，毅然將身上所有的零錢全部送給他。

回到家裏，在沖涼房見到一瓶「滴露」。

41

這是一種奇異的感覺，不是醉，祇是神智不大清楚。

我忍受不住痛的煎熬。

除了痛，別的感覺似乎都不存在了。我彷彿聽到一聲尖銳的呼喚，卻又無法用我的眼睛去尋求答案。我走進另外一個境界，沒有過去，沒有未來，沒有天，沒有地，混混沌沌，到處是煙霧。我不需要搬動腿子，身體像氣球，在空間蕩來蕩去。

我渴望聽到一點聲音，然而靜得出奇。那寧靜像固體，用刀子也切不開。

寧靜將我包圍了。寧靜變成這世界上最可怕的東西。我欲逃避，但是四周空落落的，祇有煙霧。

討厭的煙霧，糾纏如蠶絲。我不能永遠在這樣的環境中生存下去。（難道這是死後的存在？難道死後的情形是這樣的？不，不，我還沒有死。我相信一個人的死亡與誕生前的情形不會有甚麼分別。）於是我看到一個模糊的光圈，不十分清楚，但是我知道那是光。

當這一點光華消失時，煙霧也不見了。寧靜。寧靜。無休止的寧靜。可怕的寧靜。冰塊一般的寧靜。

（……）

思想的真空。感覺突呈痲痺。我不知道自己是否仍存在，事實上，已完全失去思想的能力。

黑。黑。黑。無盡無止的黑。

忽然聽到很細很細的聲音，聽不清楚那是甚麼，然而那是聲音。

我的思慮機構終於恢復功能，我知道我仍然存在。睜開眼，依舊模模糊糊的一片。

——他醒了！他醒了！他沒有死！

很細很細的聲音，來自遙遠的地方，但又十分接近。我眨眨眼睛，煙霧散開了。

我看到一個慈祥而布滿皺紋的臉孔，原來是雷老太太。

在奇異的境界裏兜了一圈，返回現實。

現實是醜惡的；總比永恆的寧靜有趣。我怕寧靜，對自己的愚蠢不能沒有後悔。

——不要難過，雷老太太說。世界上沒有不能解決的問題。

——是的，是的，這個世界是美好的。

——新民：你是一個聰明人，為甚麼要做這樣的傻事？

（可憐的雷老太太，到現在還把我當作新民，但是我能告訴她：我不是她的兒子嗎？）

——我知道你的心事，她說。這是我這些年來積下的一點錢，你拿去吧。

（我能接受她的施捨嗎？沒有勇氣將她視作自己的母親，就不能接受她的施捨。）

——以後不能再喝那麼多的酒了！

（我能說些甚麼？面對這麼一位好心腸的老太太，我能說些甚麼？她是一個受過嚴重打擊而精神失去平衡的人，但是在我看起來，她比誰都正常。除了她，再沒有第二個人關心我。不能再欺騙她。如果我答應戒酒的話，我必須實踐我的諾言。）

——我一定不再喝酒！我說。

聽了這句話，她抬起頭。噙著淚水微笑。

她待我實在太好。整整一天，她坐在病床邊陪我。我見她年事已高，勸她回家休息，她不肯。在我喝下滴露之前，我以為我已失去一切；喝下滴露之後，我彷彿又重獲失去的一切。

我是一個酒徒；雷老太太卻將我視作稀世珍寶。雷老太太是個精神不平衡的老婦人；但是我從她處得到最大的溫暖。在醫院裏躺了三天，我回家了。雷老太太一再阻止我喝酒，說是酒能亂性，喝多了，必會攪出禍事。她拿了三千塊錢給我，要我暫時維持一下。我心裏說不出多麼的難過；結果祇好依照她的意思收下。當天晚上，我拉著雷先生到樓下茶餐廳去小坐。我將三千塊錢還給他。他搖搖頭。

——你環境不好，還是收下吧，他說。

42

保持頭腦的清醒乃是一件美好的事情。清早起來，到維多利亞公園去看海，看九龍的高樓大廈，看蝴蝶們怎樣快樂地飛來飛去。夜色轉濃後，酒癮發作，渾身不得勁，坐也不是，立也不對，脾氣暴躁到極點，猶如氣球一般，大到無可再大，祇需多吹一口氣，立刻就會爆裂。當我劃燃火柴時，我的手抖得厲害。於是我走進一家餐廳，向夥計要了一杯咖啡。（咖啡是不能解渴的，我想。）魔鬼在向我招手。那是一種磁性的力量，需要野蠻的感情。我聽到銀鈴般的笑聲，原來是一對似曾相識而又陌生的眸子。我又在手指舞廳的黑暗中尋求新奇了。一心以為新的刺激可能變成酒的代替品。但是，過分赤裸的感情，缺乏神祕性。隔一層紗，人與人之間的關係遂有了迷漫之美。我想喝酒。我依舊極力抗拒酒的引誘。走出舞廳，沒有一定的去處。不敢經過酒吧門前，結果在皇后道邊看櫥窗。我是一個世紀病患者，極想變成諾言的叛徒。那夜總會的燈飾是屬於明天的，南美來的胴體使男賓們的血液流得更快。酒。酒。酒。每一隻桌子上都有酒。薩克斯風永遠不會覺醒的發抖的聲音也含酒意。酒。酒。酒。每一個賓客手裏都有一杯酒。祇有我是叛徒。

我面前放著一杯咖啡。七彩的燈光在紛亂中變成驚飛的群鳥。那南美來的胴體在掌聲中消失。我是一個尋夢者，企圖在夢中捕捉酒的醇味。說起來，倒是不容易解釋的。我竟與自己宣戰了。我的心緒很煩。忽然記起一句庸俗的話語：昨天已死去。其實，明天也沒甚麼好的。明天一定會變成昨天的。酒。酒。酒。那含有酒意的微笑最誘人。那含有酒意的鼓掌。聲聲都叩我心。我必須離開夜總會，讓夜風吹去我的困惑。坐在電車上，想到加謬的名言而失笑。法國智者說了一句俏皮話，就有一百個中國詩人爭相引用。人類多數是愚昧的，都在庸俗的鬧劇中扮演小丑。這是一個病態的世紀，讀過書的人都不健康。我欲睡了。街風猛叩車窗，不能將乘客們嘴裏吐出來的青煙吹去。駱駝菸。朗臣打火機。一條淡灰而繡著紅色圖案的領帶。售票員一再用手背掩蓋在嘴前打呵欠，可能是想起了正在熟睡中的蝦仔與阿女。酒。酒。酒。不喝酒，連這座多彩多姿的城市也要伸懶腰了。月光似銀，夜街極靜。走進士多買一包香菸，卻看到了幾排洋酒。（何必這樣虐待自己？我想。）於是回入士多。（不能，不能，絕對不能這樣做！我想。雷老太太救了我的命，並將她的積蓄全部交給了我，如果我還有一點人性的話，就不能再喝酒了。）於是走出士多。夜漸深，四周靜得很。我驚詫於自己的皮鞋聲太響。（渴死了，不如到夜總會去喝幾杯。她一定不會發覺的，我想。）於是掉轉身，準備到夜總會去喝幾杯酒。走到夜總會門口，我又趑趄不前。（不，不，我不能欺騙她。我可以欺騙自己，但是絕對不能欺騙她。她是一個好心腸的老年人。她的精神雖已失去平衡，她是一個好心腸的老年人。我可以欺騙自己；但是絕對不能欺騙她！）

於是轉身，挪步回家。月光是銀色的，夜街極靜。很渴，身上有足夠的零錢買酒。（我必須控制自己，不能變成酒的奴隸。但是……如果我單獨到夜總會去的話，坐在角隅，她一定是不會知道的。我何必虐待自己？酒，具有一種特殊的力量。沒有嘗到酒的味道，已有多時。現在，正是喝酒的好時光。我何必虐待自己？人生就是這麼一回事，太認真，自己吃苦。不如糊塗些！酒不是毒藥，沒有甚麼可怕的。我的心情如此惡劣，不趁此喝幾杯，一定會悶出病來。我應該為自己著想。那雷老太太雖然待我這麼好，究竟不是我的親娘。事實上，就算是我的親娘也不一定要聽她的話，我是我，別人不能支配我。當我想喝酒時，我應該喝個痛快。）這樣想時，我又站在夜總會門口了。我下了最大的決心推門而入，選一個角隅處的座位。酒。酒。酒。一杯。兩杯。三杯。四杯。五杯。我彷彿在遙遠的地方遇到了久別重逢的朋友。我很快樂。（酒是我的好朋友，沒有一個朋友能夠像酒那麼瞭解我！）一杯。二杯。三杯。我不覺得孤獨了，我有酒。酒是一種證明，它使我確信自己還存在。於是我得到滿足，一切都顯得那麼和諧。有人在跳薯仔舞，看起來像是一群鴿子。牆壁上畫著一些抽象的線條，多看幾遍，也會悟出一個道理。我想起一座拱形的橋，橋的右邊奔來一個男人，橋的左邊奔來一個女子，最後在橋頂相遇，正當樂聲來自天際的時候。這是極其美好的，雖然是一瞬即逝的意念。我看到兩片橙色的嘴唇，貼在一隻玻璃杯的邊緣。那淺若燕子點水的微笑，似曾相識。我無法捕捉失去的意念，一切都是那麼容易消失的。快樂會消失。痛苦也會消失。這個女人的美麗像一首無字的詩，較之那些「文字遊戲」高明得多。我走入安徒生的王國，想在爵士音樂的嘈雜中尋求天真。刺耳的鏗鏘，以及非洲森林裏的鼓聲，合在一起，正在進攻理性。一切都不停頓，黑夜突然出現璀璨的雲霞。我的額角在沁汗，但是她卻笑得如此歇斯底里。有狂熱在我內心燃燒，又彷彿關在籠子裏得不到自由。我欲追尋答案，卻無法領悟這人生的奧祕。還是多喝一杯吧，酒是一架火車，在糊塗的倉促中，從一個開始，將我帶到終結。於是我討厭太多的燈光。事實上更討厭太多的眼睛。（這是一個齷齪的所在，我想。）她的膚色是那麼的白皙，祇有齷齪的思想給糖衣包裹著。一切都是齷齪的，連這裏的音樂也是。（牆角也許會有好奇的蜘蛛，正在偷窺人類的瘋狂。）感情脫去衣服，抓不到任何東西來掩飾它的羞慚。年輕的時候，笑是一種力量。年老的時候，白髮是一種諷刺。祇有對於那些中年人，酒遂成為最好的伴侶。錶已停。鼓手的臉色依舊那麼健康。誰還記得江南的杏花與春雨？誰還記得小河裏的腳划船？一個秋日的傍晚，獅子山下的廟宇，晚鐘鐺鐺，林中的群雀同時驚飛。我嚮往於廟堂裏的宗教氣氛，又不能憑藉菩薩的指引擺脫現實的苦難。後來，我學會吸菸。後來，我學會到小舞廳去購買廉價的愛情。後來，我學會從銀幕上追求童年的夢。後來，我學會撒謊。後來，我學會喝酒。酒帶給我一個彩色的境界；又帶給我一片空白。那時候，我年紀剛過二十。霞飛路上的梧桐樹。亞爾培路的回力球場。「弟弟斯」的烤小豬。五十歲出頭的白俄女人。越界築路的賭場。「伊文泰」的胴體展覽。……都是迷人的，都不及酒好。那是一個有著厭世心情的舞女，她說她喜歡我的眼睛。然後我們有了不經意的約言，在兆豐花園的大樹底下。我不知道她有一張善於撒謊的嘴，甘願做她的奴隸，將自己的一切都交給她了。她常常帶我到「洪長興」去喝酒。我竟沒有醉過一次。我一再誇耀自己的酒量，她卻笑瞇瞇地對我說：有一天，你會醉的。過些時日，我果然醉了。那是她輟舞的日子，當我知道她決定嫁給棉花大王時，我獨自走去「洪長興」，醉得連方向都辨不清。那時候，我年紀剛過二十。從此，酒變成一種護照，常常帶我去到另外一個世界。我未必喜歡空白似的境界；祇是更討厭醜惡的現實。有一個時期，我習慣在霧裏重慶喝白乾。有一個時期，我習慣在雨中故鄉喝黃酒。有一個時期，我幾乎每天坐在尖沙嘴的那家小餐廳裏喝威士忌。然後我結識一個虛榮無知的女人，我以為她是十分善良的。她勸我戒酒。我戒了。然後我們結合在一起。我發現她對幻夢的追求不遺餘力。有人說：她被一個抽鴉片的老戲子糟蹋了，有人說：她用自己的青春去勾引老人。總之，都是醜惡的事情。我想到了酒。當我離開那個女人後，悲劇不可能變成喜劇，酒則像剪草機一般，將路上的荊棘剪平了。不過那顆心，卻從輕快的「玫瑰期」轉入憂鬱的「灰色季」。朋友們說我是傻瓜，我不肯承認。我常常對自己說：有一天我會重獲失去的源泉。好幾次，我企圖重建一座城。大雨傾盆時，力量投入酒杯，獵者的槍彈未能命中，那野鴨仍在空中振翅而飛。……那些都是過去了的事，想尋找它的細節，竟會如此困難。往事如街邊的行人，剛遇見，瞬即離去。祇有太陽會去了再來；人的道路絕對不是一個圓圈。開始與終結，祇是一條線上的兩個點。我是頗有幾分膽量的，一度在這條線上舞蹈過；受過幾次驚嚇後，也怯弱似老鼠了。日子像水般流去。日子像長了翅膀的鳥類飛去一個遙遠的地方。我曾經見過不少奇事：

一個站在太陽底下的人竟會沒有影子；一個眼睛裏會伸出手來的白粉道人；一個因為忍受不了飢餓而將自己的靈魂出售給魔鬼的學者；一個沒有心臟的舉重家；一個動了真感情的女明星……這些都是記憶中的火花；偶然的一現，也能產生奇趣。但是記憶中並不完全是這種奇趣的火花，相反，大部分倒極其冷酷無情。我不能不喝酒。我不想尋找自己，寧願經常遺落在一個不可知的境界。我的伴侶，看來是個很有趣的女人。我不知道她姓甚麼叫甚麼；更不知道她怎麼會跟我在一起的。我拿了一百塊錢給她，她笑得很媚。我吩咐夥計買單，祇想回家去用睡眠來忘掉自己。我認為這樣做，對我也許會有點益處。當我清醒時，我發現她依舊睡在我身旁。我是不願意這樣做的；但是我竟這樣做了。我翻身下床，拿了二十塊錢給酒店的夥計，走到外邊，陽光刺得我睜不開眼。我討厭陽光，因為它正在凝視我的赤裸心欲。不止一次，我在醉後的蒙昧中向妓女購買廉價的愛情。我常常後悔；卻又常常覺得可笑。我必須責備自己，不應該用酒去灌澆自己的任性；更不應該寵壞自己的感情。事實上，這樣做不但得不到甚麼；反可能引起精神的痙攣。天氣尚未轉暖，翻起衣領，雙手插入褲袋。從士敏土的人行道走回家去，經過報攤，投以習慣的一瞥，看到了《前衛文學》第三期。（麥荷門是一個倔強的傻瓜，我想。）我對文學的狂熱未必完全消失；但是我竟連目錄也不肯看一看。我是不希望有個鍍金的靈魂的；卻懼怕黑色占領我的心房。有人認為智慧是上帝的禮物，我反對這種說法。我認為智慧是魔鬼手製的藥丸，吞得多的，煩惱也多。於是想起了一個朋友。此人十分勤奮，曾經以兩倍於曹雪芹撰寫《紅樓夢》的時間去研究脂硯齋的評語。他現在已經五十多歲了，讀到《春柳堂詩稿》時，比探險家尋獲寶藏更喜悅。（這是十分可悲的，那些吞服太多魔鬼藥丸的人。）我自己已經悟澈沒有？這個問題很難解答。不過，在目前這種情形下，酒的吸引力仍大。回到家裏，雷老太太正在聳肩啜泣。我問她為甚麼流淚；她問我為甚麼徹夜不歸。我嘆了一口氣，她竟放聲大哭。我一向討厭女人哭泣，尤其是年老的婦人。（我有我的自由，沒有理由受她管束。她雖然救了我的命；而且送了錢給我，但是我有我的自由。我願意做些甚麼，她管不著！我願意在外過夜，那是我自己的事。我喝酒，因為我需要喝酒。我玩女人，因為我需要玩女人。她是一個姓雷的老太太，與我毫無關係，沒有理由約束我的行動！）於是，我退了出來。雷老太太哭得更加悲傷，聲音尖得很，跟剛割破喉管的母雞一樣。我怕聽這種聲音，憤然出街。陽光仍極明媚，這是一個美好的日子。我的心仍在落雨，無法驅除莫名的哀愁。走進茶樓之前，忍不住在報攤上買了一本《前衛文學》。我不敢喝酒，又不願意思念雷老太太。坐在大茶樓的閣仔，要一壺普洱和兩碟點心，然後翻開手裏的雜誌。我看到一個「詩」特輯，編排的形式相當新穎；然而那祇是一堆文字遊戲。作者不能技巧地運用文字去表現意象，結果變成沒有意義、沒有中心的鉛字堆砌。文學作品貴乎獨創，每一個愛好文學的人都知道。但是，獨創必須具備充分的解釋。近年來，由於少數優秀詩人的努力，似乎已經摸索出一條道路來了，大家都在期待，以為不久的將來即可讀到偉大的詩篇。不料，真珠剛出現，魚目就似潮湧至。讀者浪費太多時間與精力，文字遊戲式的「詩作」依舊層出不窮，繼續發展下去，新「詩」的文字終有一天變成萬花筒裏的彩色碎玻璃了。《前衛文學》第三期以頗多的篇幅特闢詩專輯，用意至善，但效果是相反的。如果文字遊戲或鉛字的堆砌也能算作新詩的話，新詩已走到 Dead End。如果祇有一兩個人在戲弄方塊字，那還不足為患。可憂的是：文學遊戲式的新詩已經變成一種風氣了，我不明白麥荷門為甚麼要闢這樣一個專輯？是不是其他部門找不到理想的稿件？因此，我翻了一下譯文部分，依舊選擇一些舊材料，沒有新鮮的東西。至於創作部分，也和第二期一樣，不夠充實。三個短篇的表現方式都很陳舊，像極了五四初期的作品。唯其如此，我很替麥荷門擔憂了，麥荷門浪費了他母親的積蓄，又浪費了他自己的時間與精力，辦這本有名無實的《前衛文學》，實在是一件令人惋惜的事。我向夥計要了一杯酒，我必須為自己的前途籌算一下。為了生活，我走過庸俗路線。在香港，撰寫商品固可換取生活的安定；終究是無聊的。我應該設法找一份固定的職業，雖然並不容易。我喝了幾杯茶之後，走出茶樓。沒有一定的去處，祇管漫無目的地搬弄腳步。

……我是一隻螞蟻，在一個狹小的地方兜來兜去，卻不知其狹小。螞蟻要覓食的，它的求生欲也極強烈。我失笑了，覺得自己的愚蠢乃屬與生俱來。走進「告羅士打」，要了威士忌。祇有酒是美好的。酒是主宰。酒是神。酒是遊子的知己。我無法探求人生的最終目的。對於我，喝酒是一件很重要的事。但是酒不是空氣與陽光。它是需要用錢去購買的。為了喝酒，我就得設法找錢。否則，將雷老太太送給我的錢花完之後，怎樣過日子？我想起那個出版社的老闆錢士甫。他是一個庸俗的文化商人，以盜印他人著作起家，如今儼然大出版家了。過去，我曾經向他求售自己的小說，他扁扁嘴，將頭偏過一邊，說是即使不要版稅，也不願出版這樣的小說。多麼可惡的傢伙，但是我竟會在這個時候想到他。我將錢士甫當作一個人；然而他不是人。我希望他能給我一個編輯工作，他扁扁嘴，將頭偏過一邊，表示不能考慮。我說我的處境相當窘迫，他說他最怕文藝。我說我不但會寫武俠小說，而且會寫黃色的故事新編。他笑了。他說「會寫」與「叫座」是兩件事情。他可以找到一百個會寫武俠小說的作者；但是很難找到一個「叫座」的。我的視線突呈模糊，為了維持這麼一點自尊，不能不馬上退出。處身在兩座高樓大廈之間，遂顯得特別渺小。一切靜止的東西都有合理的安排，唯人類的行為經常不合邏輯。情感與昇降機究有不同，當它下降時一若物體般具有變速。三月的風，仍似小刀子般刮在臉上。我又去喝酒。我遇見一個醉漢，竟硬說我偷了他的眼睛。我覺得他很可笑，卻又不能對自己毫無憐憫。（他是一面鏡子，我想。當我喝醉時，我也會索取別人的眼睛嗎？）群眾的臉。群眾的笑容。祇需三杯酒，一切俱在模糊中「淡出」了。理智是可以洗滌的，單用酒液，就永遠洗不乾淨。玻璃窗上的霧氣，不准眼睛窺伺現實。耳際傳來納京高的磁音，空間遂有了美麗的裝飾。那個醉漢還沒有走，咧著嘴，硬說這個世界有太多的維他命。我覺得好笑，因為我仍能保持清醒。這是一串很長很長的列車，車上祇有我一個乘客。車輪在車軌上輾過，發出單調的韻律。第一次，我認出寂寞是一隻可怕的野獸。我討厭時間，企圖用餐刀切去半個白晝。神是那麼的刻板，總不肯將夜幕提早扯起。再來一杯酒，這是我最需要的東西。牆上有隻蟑螂；但是牠不像是個狡黠的傢伙。啪！有人用木屐將牠擊死了。生命就是這麼一回事，縱有千萬希望也經不起這輕輕的一擊。誰相信愛因斯坦是為了探求死亡後的真實而自殺的？妖精們都知道吃了唐僧肉可以長生不老；但是唐三藏自己卻無法避免他的最後。我們必須尋求快樂嗎？聰明如叔本華之流也無法解答這問題。然而用世俗的眼光來看，不快樂的人對塵世倒是不太留連的。（所以，多喝一杯吧。）我發現我的眼睛給人偷去了。我哭。我向夥計索取眼睛。夥計笑。其他的食客也笑。笑聲似亂箭，從四面八方射入我的耳朵。（太可怕了！太可怕了！我必須離開這裏。）街燈也在笑，我找不到可以躲避的所在。前面有個電車站，很近，又彷彿十分遙遠。笑聲變成浪潮。我隨時有被淹死的可能。我大聲呼喚；但是一點用處也沒有。我變成人生舞台上的小丑。

43

當我睜開眼來時，窗檻上擺著一隻瓷花瓶，瓶裏有一朵萎謝的玫瑰花。那朵花，在晨風中，懶洋洋地搖曳著。

（如果不是因為喝醉了，我是不會忘記關窗的，我想。但是誰送我回來的？）記憶猶如毛玻璃，依稀有些輪廓。極力思索，才想起有人曾經用木屐打死牆上的蟑螂。除此之外，全不清楚。

陽光極好。幾個學童在對面天台上放紙鳶。這是星期日的早晨，教堂的祝福鐘聲正在製造安詳的氣氛。我是做了一場夢的，夢見兩條線的交叉。

多麼荒唐的夢。多麼荒唐的現實。我是一個荒唐的人。

應該起身了；一隻小麻雀的突然出現使我好奇心陡起。我欣賞這失群的小鳥如何用優美的姿勢在窗檻上跳躍。記得小學讀書時，曾經在同樂會上表演過「麻雀與小孩」。那是很久很久以前的事了；如今想起來，仍會臉紅。

麻雀在窗檻上啄食。窗檻上有一片枯萎的花瓣。我擔心晨風轉勁時，會有更多花瓣掉落。麻雀不可能愚蠢得將花瓣當作食物。

——喲！——

一聲尖銳的叫聲。麻雀振翅驚飛。我本能地翻身下床，拉開房門，匆匆走出去，發現雷太太呆若木雞地站在老太太門邊。雷太太睜大一對受驚的眼，一雙手掩在嘴上。

順著雷太太臥房門口，我見到了最悲慘的一幕：雷老太太仰臥在床上，左手執著一把小刀，右手的脈門被割破了。雪白的床單上有血；地板上也有血。

雷先生伏在老太太的身上，飲泣不已。

躡足走進去，我伸手按了一下雷老太太的額角。冰一般冷。這位慈祥的老太太已離開塵世。

——為甚麼？我問。

雷先生哭得非常哀慟，沒有回答我的話。我走入客廳，問雷太太：

——為甚麼？

——昨天晚上，你喝得醉醺醺地回來。老太太怪你不應該喝這麼多的酒。你火了，大聲咆哮。

——我說些甚麼？

——你說你不是新民；也不是她的兒子！

——她怎樣表示？

——她流了淚水；但是仍不生氣。她說話時，聲音抖得厲害。她說：新民，你為甚麼又醉成這個模樣？

——我怎樣回答她？

——你兩眼一瞪，好像存心跟她吵架似地嚷起來：神經婆，別新民長新民短的，叫人聽了刺耳！趕快擦亮眼睛，仔細看看清楚，我究竟是不是你的兒子？

——後來呢？

——她哭了，拍手跺腳哭嚷起來。我們儘量設法勸慰她，可是一點用處也沒有。她說她生了一個逆子，沒有理由繼續活下去。我們以為老人發過牢騷就算，想不到她竟會用小刀割破自己的脈管！

這是昨天晚上的事。我在大醉中用惡毒的言語殺害了一位慈祥的老人家。她一直待我很好；然而我竟做了這麼一件殘酷的事情。我應該走進老太太的臥室去求取她的寬恕；但是我沒有勇氣這樣做，我開始憐憫自己，猶如孤兒一般，獨自悶坐房內，流了不少眼淚。我的思慮機構突然失靈，事實上也並不需要甚麼思想；不過，在清醒時產生這種情形，這是第一次。我祇是用眼淚凝視那擺在窗檻上的瓷花瓶，以及插在瓶中的那枝開始萎謝的玫瑰花。雷老太太是個樸實的婦人，對玫瑰花有特殊的愛好。我不得不反覆祈禱，希望能夠獲得心靈上的平靜。整整一個上午，我茫然若失地坐在窗前，耳畔有人叫我「新民」，這聲音好像很遠；又好像很近。如果我是雷新民的話，我倒是有福了。人類關係總是這麼奇妙的，血液有點像感情的膠水。一位精神病患者的自殺，原不會引起巨大的哀慟；但是我為甚麼老是坐在那裏發呆。那朵玫瑰花正在萎謝中，已經完全失去被欣賞的價值。我想不出任何理由來解釋自己的感情，竟對一朵萎謝的花朵發生了愛戀。我貪婪地凝視著它，懷疑自己的感情放錯了位置。我不能瞭解自己，但覺焦灼不安。我的理性剛在鹽水中浸過，使我無法適應當前的環境。我必須搬家，始可擺脫一切痛苦的記憶。

這天下午，我在日記簿上寫了這麼一句：「從今天起戒酒。」但是，傍晚時分，我在一家餐廳喝了幾杯拔蘭地。

（全書完）

【附錄】

二〇一五年行人版前記

一九六二年十月十八日，《酒徒》開始在《星島晚報》副刊連載。一九六三年三月三十日，全文刊畢。

全文刊畢後，香港海濱圖書公司馮先生走來找我，願意出版《酒徒》單行本。初版《酒徒》於一九六三年十月出版。此書售罄後，濱海圖書公司不再加印。

一九七八年，胡菊人兄介紹遠景出版事業公司沈登恩先生與我相識。沈先生要求我將《酒徒》交給遠景在台灣出版。

一九七九年三月，台灣版《酒徒》問世。

一九八〇年五月，遠景出台灣版《酒徒》第二版。

一九八五年三月七日，中國文聯出版公司廣東編輯部賀朗先生從廣州來信，告訴我：中國文聯出版公司決定出版大陸版《酒徒》。

一九八五年九月，大陸版《酒徒》出版，印數超過八萬。

一九八七年十一月，遠景出版事業公司出版台灣版《酒徒》第三版。

一九九二年三月四日，洛楓來信，說她訂購《酒徒》時出現困難，我將情況講給何國強聽，何國強介紹金石圖書貿易有限公司林先生與我相識。

一九九三年四月，金石圖書貿易有限公司出版香港版《酒徒》。

一九九五年，香港電台電視部拍攝「寫意空間」，將《酒徒》改編成電視劇。節目全長五分鐘。

一九九七年，香港電台電視部再一次將《酒徒》改編為電視劇，列入「寫意空間」，節目全長半小時。這部電視劇拍得很好，改編者有很高的表達能力，能準確掌握電視的特點，作出很好的演繹。

一九九八年，香港電台電視部攝製的《酒徒》電視劇，獲「第三十四屆芝加哥國際電視節」（34th Chicago Internatinal Televisin Festival）銀獎。

一九九八年十二月，北京作家出版社出版《二十世紀中國文學名作導讀》（由錢振綱、邵子華主編）。該書列出《酒徒》篇目，並提供精闢的導讀文章。

一九九九年，《酒徒》入選《亞洲周刊》舉辦的「二十世紀中文小說一百強」。

二〇〇〇年五月，金石圖書貿易有限公司出《酒徒》第二版。

二〇〇〇年七月，北京解放軍文藝出版社將《酒徒》列入《百年百種優秀中國文學圖書》。

二〇〇〇年十一月，北京語文出版社出版《中外文學名著梗概與賞析——中國小說卷》（由周忠厚、姚梅屏主編），該書選取從明清至二十世紀的一百零二部小說，包括《酒徒》。

二〇〇〇年十二月，《酒徒》入選《香港筆薈》舉辦的「二十世紀香港小說經典名著百強」，列季軍。

二〇〇三年六月，金石版《酒徒》售罄。我趁此將《酒徒》交獲益出版事業有限公司刊印新版。這樣做，因為獲益在一九九五年已為我出版《〈酒徒〉評論選集》。我認為將《酒徒》與《〈酒徒〉評論選集》交同一機構出版，是合乎情況與道理的做法。

二〇一五年八月，黃勁輝導演拍攝我的紀錄片《1918》接近尾聲，片長約兩小時。全賴他四方籌募資金，製作長達六年，十分嚴謹。電影在台灣公映前，行人出版社支持《酒徒》在台灣再度出版，並提供嚴謹註釋，希望讓台灣讀者更容易理解一九七〇年代的香港作品。註解審訂得到香港學者蕭欣浩、宋子江等義務協助，我衷心感謝他們的幫助。

（二〇一五年八月十八日）

國家圖書館出版品預行編目資料

酒徒 / 劉以鬯著 . -- 初版 . -- 臺北市 :
聯合文學出版社股份有限公司, 2023.05
296 面 ; 14.8×21 公分 . --（聯合文叢 : 725）（劉以鬯作品集 ; 1）

ISBN 978-986-323-537-8（平裝）

857.7　　112007184

聯合文叢 725

酒徒

作　　者／劉以鬯
發 行 人／張寶琴

總 編 輯／周昭翡
主　　編／蕭仁豪
編　　輯／林劭璜　王譽潤
資深美編／戴榮芝
業務部總經理／李文吉
發行助理／林昇儒
財 務 部／趙玉瑩　韋秀英
人事行政組／李懷瑩
版權管理／蕭仁豪

法律顧問／理律法律事務所
陳長文律師、蔣大中律師

出 版 者／聯合文學出版社股份有限公司
地　　址／(110)臺北市基隆路一段 178 號 10 樓
電　　話／(02)27666759 轉 5107
傳　　真／(02)27567914
郵撥帳號／ 17623526 聯合文學出版社股份有限公司
登 記 證／行政院新聞局局版臺業字第 6109 號
網　　址／http://unitas.udngroup.com.tw
E-mail:unitas@udngroup.com.tw

印 刷 廠／約書亞創藝有限公司
總 經 銷／聯合發行股份有限公司
地　　址／(231)新北市新店區寶橋路235巷6弄6號2樓
電　　話／(02)29178022

出版日期／ 2023 年 5 月　初版
定　　價／ 400 元

ISBN 978-986-323-537-8（平裝）　